KB119857

요가

———

숲

———

차

신미경 지음

요가

나의 몸을
존중하고

숲

계절의 감각을
찾고

차

산뜻하게
회복한다

위즈덤하우스

나의 골디락스를 찾아서

인생을 다시 살 수 있다면, '코딩을 배우겠다. 일찍 투자에 눈을 뜨겠다. 고전을 읽겠다. 내가 대우받고 싶은 만큼 남을 대하겠다. 예쁜 쓰레기를 돈 주고 사지 않겠다. 점잖은 말투를 연습하겠다. 운동으로 체력을 키우겠다. 바른 자세를 만들겠다. 몸 위생 관리를 철저히 하겠다…' 이런 리스트를 메모장에 쭉 써보던 날, 현재의 부족한 점을 곱씹다 보니 뒤로 갈수록 건강 관련 항목이 많아졌다. 학생일 때부터 사회인으로 살고 있는 지금까지 뛰놀며 체력을 길렀던 시간보다 책상에 앉아 있을 때가 더 많았다. 나는 '운동하기 싫어' 유전자까지 있어서 어떤 운동도 즐기지 않았고, 학창 시절 체력장 5급에 100m 달리기는 20초에 뛰었다. 눈을 질끈 감고 최선을 다해 달리지만, 나보다 앞선 친구들의 뜀박질 소리는 이번에도 내가 꼴찌임을 예고했다. 운동과 담을 쌓은 채 스무 살, 서른 살 무렵을 보냈고 한 번 큰 병에 걸렸다. 몸이 그토록 젊은 나이에 무너질 줄이야.

그 후로 건강에 깊은 관심을 갖게 되었지만 또다시 큰 병원에 다닐 만큼 아프며 그리 건강하지 않은 채 나이를 먹어 간다. 아프고 나면 "억울해! 그동안 무엇을 위해 건강관리를 했을까. 그냥 대충 살걸" 싶은 날도 있다. 그러나 우문현답이라고, 나의 절규에 지인은 말했다. "아픔의 강도가 다른 게 아닐까? 건강을 챙겨왔으니 그나마 덜 아픈지도 모르지."

맞다. 치료하면 낫는 병은 희망이 있고 일상이 크게 무너지지도 않는다. 지금 나는 건강을 탐내는 삶을 산다. 부와 명예에 대한 탐심은 삐걱거리는 몸 앞에서는 거추장스럽기만 하다. 건강해야 욕심도 생긴다. 그러고 보면 체력이야말로 행복의 척도 같다.

나는 체력을 저금하기 가장 좋았던 젊은 시절을 흘려보냈지만, 지금이라도 살기 위해 운동한다. 가장 만만해 보이는 요가를 시작했지만, 입문자의 '만만하다'는 엄청난 착각임이 첫 번째 수업이 끝나자마자 밝혀졌다. 그럼에도 그만두지 않고 2년 같은 5년 동안 요가를 꾸준히 해왔다. 처음으로 매일 운동하는 뿌듯함을 느껴보기도 했다. 한 달에 적어도 두 번은 낮은 산으로 하이킹을 다녀온다. 산을 10여 분만 올라도 숨을 헐떡였던 10년 전과 지금은 천지 차이다. 나이와 체력이 항상 비례하지는 않는다. 무엇이든 단련한 만큼 강해지고 반복한 만큼 는다. 이쯤이면 무라카미 하루키가 책《달리기를 말할 때 내가 하고 싶은 이야기》에서 말한 몸이 지극히 실무적 시스템이라는 말의 의미를 알 것 같다. 시간을 들여 단속적, 구체적으로 고통을 주면 몸이 메시지를 이해하고 주어진 운동량을 자진해서 수용한다고 했던 것 말이다.

지금은 웰니스의 시대다. 웰니스는 웰빙(Well-being)과 행복(Happiness), 건강(Fitness)을 합한 개념으로 신체적, 정신적, 사회적으로 건강한 상태를 뜻한다. 심신의 안녕을 바라며 집중하는 활동으로 웰니스란 매우 사적인 영역이기도 하다. 나는 아침 식사를 하지 않으면 기운이 없고, 술을 한 모금이라도 마시면 괴롭고, 개인 스포츠를 선호하며, 혼자 있기 좋아하는 기질이고, 명상을 하며 차분함을 배우고 화가 날 때는 호흡으로 다스리는 방법이 가장 잘 맞다. 나와는 정반대로 아침 식사를 하지 않고, 술로 이완의 시간을 보내고, 팀 스포츠를 즐기고, 화가 나면 소리를 지르는 쪽이 더 잘 맞는 사람이 있을 테다. 그러니 절대적인 건강법을 찾기보다 나를 조금 더 행복하게 만드는 것들을 모아 자신만의 복지 생활을 꾸려나갈 것. 나는 그게 바로 개인이 지향해야 할 웰니스라 본다.

이 글은 요가, 숲, 차를 매개로 하는 나의 소소한 웰니스 라이프에 대한 기록이다. 체력 단련에 한정하기보다 몸과 마음 모두를 잘 보듬는 시간을 갖고, 집이나 사무실처럼 나를 둘러싼 환경을 관리하고 좋아하는 차를 마시는 휴식 시간으로 나를 되돌아보며 반성과 나아감이 있는 나날이다. 타고난 건강 체질이 아니고, 출퇴근에 시달리며 스트레스를 받고, 이렇게밖에 못 사는 건가 다른 삶의 방식은 없나 종종 고민하기도 하는 나. 그래도 조금은 더 나은 컨디션을 가져보겠노라 여전히 고군분투하고 있다. 10년 후에 '인생을 다시 산다면'으로 시작하는 메모가 지금과 같지 않기를 바란다. 완벽하게 만족하는 인생이 뭔지는 모르지만, 같은 후회를 반복하는 정체된 삶이 아님은 안다. 뜨겁지도 차갑지도 않은 적당한 수준을 뜻하는 골디락스. 딱 그 정도의 과하지도 부족하지도 않게 심신의 건강을 챙기고자 하는 나의 시도가 이 글을 읽는 누군가에게 자신만의 웰니스 라이프가 어떤 모습인지 생각해보는 계기가 되면 좋겠다.

신미경

차례

④ 느슨하게 산다 : 나는 내게 좋은 사람

1

요가

내 몸에 대한 존중

어느 날 '요가를 해야겠어!' 하는 생각이 스쳤다. 더운 여름 20분 넘게 걸어 동네 마트에서 요가 매트 하나를 샀다. 아침에 일어나 돌돌 말린 요가 매트를 펼치고 유튜브를 검색해 요가 스트레칭 영상을 켜고 처음 따라 했던 순간이 떠오른다. 작심삼일 1년이 지났을 무렵 동네 요가원에 다니기 시작했다. 수업에서 가장 뒤처지던 내가 몇 년이 지나자 적당히 동작을 잘 따라 하게 되었고, 이름난 요가 스튜디오의 원데이 클래스를 찾거나 발리 우붓으로 단기 요가 유학(?)까지 다녀올 정도로 요가에 심취했다.

나도 오랫동안 해온 운동 하나쯤 가지고 싶었다. 누군가 운동을 대화 주제로 삼을 때 애정을 가지고 소개할 운동이 있으면 좋겠다고. 내가 만났던 활기차게 사는 사람들의 공통점은 사랑하는 운동이 있었고, 나에겐 지금 요가가 그렇다. 요가는 나의 심신 수련의 매개이긴 하지만, 근사한 포장 뒤에 숨겨진 이야기는 몸도 제대로 못 굽히던 유연성 꽝인 내가 요가의 꽃 같은 자세인 '머리서기'까지 완성했다는 서사는 아니다. 나도 할 수 있구나, 나는 역시 안 되는구나, 오늘은 잘되는구나, 그냥 하는 거지 뭐, 번뇌하다가 오늘도 아무 생각 없이 요가 매트를 펼치는 과정에 불과하다. 낡고 얼룩진 요가 매트와 조금 늘어나고 보풀이 생긴 레깅스가 반짝이는 새것보다 아름다워 보이는 시간이기도 하다.

우주의 중심에서
간까지 웃어보기

나를 발리 우붓에 있는 리조트까지 데려다준 운전기사는 젊은 발리니즈 청년이었다. 그는 케이팝을 좋아하고 한국어를 조금씩 배우고 있다고 했다.

> 발리의 청년: 한국과 발리의 시차는 얼마나 차이 나요?
> 나: 한국이 한 시간 빨라요.
> 발리의 청년: 그럼 과거에서 살고 있는 셈이네요.

여행자에게 더 느린 걸음으로 걸어도 괜찮다는 기분을 안기는 똑똑하고 유쾌한 발리니즈와 한참을 떠들고 웃다가 리조트에 도착한다. 차에서 내리니 태양은 뜨겁고, 땀이 조금 나고, 새파란 하늘 밑에 바람 소리마저 고요하다.

'발리는 우주의 중심이고, 여긴 그 발리의 중심입니다.'

내가 수없이 반복해 보았던 영화 〈먹고 기도하고 사랑하라〉에 등장했던 곳, 전 세계 요기들이 우붓을 찾고 있다. 특히 서양인들에게 우붓은 힐링 스페이스라고 한다. 그들은 이곳에서 요가와 명상을 하고 채식을 한다. 지친 몸과 마음을 비우고 바로 세우며 자신을 치유하는 여정이다. 나는 줄리아 로버츠가 보여주었던 영화 속 리즈의 모습이 분명 이 같은 시류에 큰 몫을 했다고 생각한다. 덕분에 요가 군락지가 형성된 우붓은 혼자 여행을 와도 전혀 어색하지 않은, 느긋함과 평화로운 인상으로 가득하다.

여행은 낯선 목적지에서의 정착 과정이다. 핸드폰 유심카드를 바꾸고, 사기당하지 않을 환전소를 찾아 십여 분을 뙤약볕 아래 걷기도 한다. 숙소 체크인과 동시에 새로운 집이 생기고, 요가 수업을 예약하면 잠깐의 소속도 갖게 된다. 두 번 찾는 식당이 있고, 리조트의 직원들과 자꾸 만나고 인사하다 보니 낯익은 얼굴이 보인다. 발리에 오기 전 리조트에서 도보 5분 거리에 있는 요가 스튜디오를 다니며 몸을 단련하고, 명상을 하겠다는 단순한 계획 이면에는 새로운 생활 방식에의 적응이 있다. 어떤 나라에 가든 오래 비행기를 타고 공항에 도착하는 순간 나는 피로함이 설렘을 잡아먹곤 한다. 금

방 피로를 느끼는 저질 체력의 소유자로서 요가를 조금 한다고 해서 크게 변하지는 않았다. 발리에서의 첫날에도 피로로 날카로워진 신경을 최선을 다해 가다듬어보지만, 사람 구실하기가 너무나도 어렵다. 친절 역시 체력에서 나옴을 또 한번 느낀다. 모든 게 체력의 문제다.

 잠이 보약이지, 기절하듯 잠들고 일어나 몸의 피로함이 어느 정도 가시자 적잖은 관대함이 스민다. 하루 푹 잤으나 내 몸의 시차는 서울에 맞춰져 있기에 우붓에 해가 뜨기도 전에 일어나 침대에 누워 커다란 창밖으로 펼쳐지는 일출의 경이로움을 구경한다. 어제의 피로함이 가시자 이곳에 오길 잘 했구나 싶은 마음도 들고. 그러나 낯선 곳에서의 긴장은 남아 있었다. 커다란 야자수가 조금씩 흔들리고 새들이 지저귀는 소리가 들리는 리조트의 아침 8시 요가 수업을 마치고, 조식을 먹으며 즉각적인 해방감을 맛보기에는 모든 게 낯설었으니까. 내 방으로 돌아와 여행 둘째 날의 스케줄을 점검하고 있던 중에 난데없이 객실 테라스로 원숭이가 올라와서 까무러치게 놀랐다! 다행히 원숭이 선생은 내게 무심했고, 이내 점프를 하며 다른 곳으로 떠났다. 처음에는 방 안으로 들어올까 봐 무서웠지만, 이내 긴장이 풀리자 원숭 난입 사건 자체가 너무 웃겨 오랜만에 간까지 울려가며 웃었다. 원숭이의 재롱은 낯선 곳에서의 심리적 적응까지 마치게 해준 우연이었다. 그 뒤로 원숭이는 몽키 포레스트 근처에서만 만났을 뿐내 방까지는 찾아오지 않았고. 이는 우붓에서의 전 여정 통틀어 가장 자극적인 사건으로 남았다.

요가에 입문하면 가장 먼저 호흡부터 배운다. 코로 숨을 들이마시며 복부, 그다음 폐를 부풀리고 숨을 내쉴 때는 배를 안쪽으로 당기며 흉곽을 조인다. 요가 숙련도에 따라 여러 호흡법을 수련하지만 이 호흡법이 기본이다. 호흡을 반복하면 배에 '딴딴하게' 힘이 들어가 코어가 단련된다. 요가를 할 때 숨을 쉬지 않으면 몸이 열리지 않고 힘든 동작은 버티기 어렵다. 의식적인 호흡으로 긴장 풀기란 평소에 하기 어렵지만 몸의 즉각적인 이완과 긍정적인 마음까지 단번에 심어주는 '간까지 웃기'는 쉬운 편이다. 사교적이고 꾸며진 웃음은 목젖을 가볍게 울리는 게 고작이나 진짜 웃음은 배에 힘이 들어가고 폐를 크게 부풀리며 웃는다. 몸이 경직될 때, 온 힘을 다해 웃고 나면 긴장이 사라지고, 마음이 편해지며 모든 일이 잘 풀릴 거 같은 긍정감이 스민다. 참고로 "마음으로도 웃고 간까지 웃어라"라는 조언은 영화 〈먹고 기도하고 사랑하라〉에서 발리의 주술사가 주인공 리지에게 했던 말이다.

나는 도시로 여행을 가면 낯섦에서 오는 긴장을 덜어내고자 꽃을 사곤 한다. 그러나 발리에선 그러지 않았다. 여기엔 온통 초록빛, 총천연색 꽃을 가진 열대 정원이 눈앞에 있다. 미니 도마뱀이 벽을 타고 쏜살같이 지나가곤 하지만 해치지 않아요, 하는 눈빛으로 공존하는지라 위협은 느낄 수 없는 곳. '스네이크 프루트'라는 으스스한 이름을 가진 요구르트 맛 과일을 호기심으로 까먹어보는 그런 날. 여행 가방을 열어 옷장에 옷을 가지런히 걸고, 세면대에 늘 쓰는 화장품을 올려

두고, 어메니티로 가득한 티 테이블에 내가 가져온 맛있는 차를 정리해두니 집 같은 편안함이 새로운 환경이 주는 설렘 위로 덮인다.

나의 동기부여,
나의 연습

요가반(The Yoga Barn)은 발리에서 이름난 요가 스튜디오다. 이곳은 탁 트인 발리 가든 뷰에 널찍한 스튜디오가 인상적인데 어림잡아 60명이 훌쩍 넘는 사람들이 함께 요가 수련을 한다. 금발, 흑발, 백발 여러 가지 헤어 컬러가 뒤섞인 채 사람들은 자신만의 요가 매트 위에 선다. 피부색도 다양하고 나이도 천차만별, 우리나라처럼 요가가 여자들 운동이란 인식은 전혀 없어서 남자들도 많이 수련하고 남자 요가 강사도 많다. 한마디로 내가 한국에서 생활체육처럼 해왔던 요가와 분위기부터 다르다.

　나의 첫 번째 요가 리트리트(Retreat, 수련회)인지라 막상 어떤 기분일지 몰랐는데 아침과 늦은 오후 요가 두 번, 중간에 명상 한 시간을 스케줄로 짜두고 성실하게 출석하다 보니 편안한 힐링 여행이라기보다 '어, 이거 요가 유학인데?' 할 만큼 전지훈련 나온 체대생 같은 나만 남았다. 내 생애 통틀어 이렇게 열심히 운동을 해본 적은 없다.

요가는 본래 인도 힌두교의 수행법이라고 한다. 발리도 이슬람교가 지배적인 인도네시아 본토와 달리 대부분 힌두교를 믿는다. 인도는 매우 더운 곳이고, 발리도 못지않게 더워서 몸이 참 유연해진다. 그래서 한국에서보다 동작이 깊어지는 기적이 일어난다. 추운 겨울에 떨면서 요가원에 가 몸이 채 해동되지도 못한 채 수업을 받으며 내 몸은 역시 뻣뻣하다고 자조할 때는 몰랐던 바다.

"여러분의 내적 동기부여만큼, 여러분만의 연습입니다."(Your motivation, Your practice.)

지금은 빈야사 수업 시간. 매트 위에서 땀을 뻘뻘 흘리며 카리스마 넘치는 발리니즈 강사의 중저음 목소리에 귀를 기울인다. 그녀는 우리를 '요기'(Yogi)라 부르며 수련하는 사람으로 대우했고, 이 또한 '회원님'으로 호칭하는 동네 요가원과는 다른 자세를 갖게 했다. 내가 수련하는 사람이라는 자각이 마음속 동기부여라는 자가발전기에 입력되어 끊임없이 에너지를 낸다. 마음가짐을 바꾸면 행동이 달라짐을 증명

하는 시간이다. 운동을 싫어했던 내가 요가만큼은 꾸준히 하는 까닭은 개인 운동이라서. 나의 성향상 나 자신하고만 연결되는 운동이기에 좋다. 팀플레이가 아니고, 누군가와 겨루지도 않고, 엄격한 규칙이 없고 내가 할 수 있는 만큼만 해도 누구도 뭐라 하지 않는다.

오늘 선생님의 말은 내가 평소 요가에서 느꼈던 점을 함축시켜 놓는다. 나는 이곳에서 요기였다. 요가 매트 위에 진지한 마음으로 올라섰고, 무리 중에서 요가를 잘하는 사람 축에 속하면 좋겠다는 마음도 스몄지만 전 세계 공통으로 요가에서 강조하는 것 하나. 나만의 연습이니 남과 비교하며 자신을 평가하지 말라는 말을 되새긴다.

내가 이제껏 한국과 발리에서 겪은 요가 경험을 비교하고 평가하듯이 실상 이는 사람의 기본 성향이다. 요가는 그러한 본성을 거슬러도 괜찮다고 말한다. 막상 비교와 평가를 넘어서는 것이 요가가 나아가는 진짜 수련이 아닐까 싶기도 하다. 어떻게 옆 사람보다 못하는 내가 자랑스러울 수 있고, 몇 년째 못하는 자세가 있는데도 발전이 전혀 없다고 평가하지 않을 수 있을까. 평소 동기부여는 늘 향상심에서 나왔다. 나는 더 나아지고 싶기에 무슨 일이든 내가 발전하는 기미가 보이지 않으면 이내 포기했다.

그러나 그 마음을 잊고 나면 놀라울 만큼 편안하다. 내 키만큼의 요가 매트 위, 내 수준에 버거운 빈야사 시퀀스를 맞닥뜨리면 숙련자들이 고난도 동작을 완성할 때 역시 난 안돼, 하는 마음보다 나는 여기까지 할 수 있겠어, 하며 호흡과 동작을 같이할 뿐이고. 예를 들어 허리를 세운 채 팔을 앞으로, 다리는 들어 올려 몸을 V자로 만들고 버티는 자세를 못하는데, 대부분 클래스 내에서 나만 못했다. 그런데 내가 못한다고 팀에게 폐를 끼치는 것도 아니고 다들 각자의 운동을 하는지라 나를 곁눈질은 할지언정 뭐라고 하는 사람은 없었다. 편안한 마음으로 무릎을 구부린 채 간신히 흉내만 내고 배에 힘을 주고 버티는 것만으로도 나에겐 엄청난 발전이어서 몇 초라도 더 버티면 뿌듯했고. 그러니 나를 내버려두고 겉으로나마 아무런 평가도 하지 않는 요가가 나와 꽤 잘 맞았다.

이제까지 내가 도중에 그만둔 수없이 많은 학습을 돌이켜본다. 그중 가장 빠른 속도로 관뒀던 기억에는 역시 선생님과 학우의 보이지 않는 조롱이 있었던 경우다. '이것밖에 못하다니, 너는 능력이 없구나' 이런 뉘앙스가 감지되면 내가 전체의 학습 진도를 저해시키는 부진한 사람으로 느껴지고 도망치고 싶었다. 신기하게도 우리나라 학원 몇 군데를 다니다 보면 선행학습이 된 채로 왕초보 교실에서 함께 공부하는 사람을 자주 만난다. 그게 당연해지면 전혀 못하는 사람이 오히려 이상하다. 내가 쫓아갈 때까지 기다려주는 여유는 팀플레이에서는 분명 없다. 팀에 폐를 끼치면 안 되니 개인이 각고의 노력을 하는 쪽이 자신의 성장에 도움이 될 때도 분명 있다. 그런데 심신 단련을 위한 운동에서까지 그렇게 경쟁적이고 싶지도, 남의 눈치를 보고 싶지도 않았다. 군중 속에서도 홀로 자유로움을 느끼고 싶다면 요가는 최고의 운동이다. 대신 굉장히 잘하는 사람에게 선망의 눈길을 보내도 좋다. 저렇게 되면 좋겠다고 바라는 마음은 발전에 도움이 되니. 우리는 모두 다른 신체 조건과 능력을 가지고 있기에 애초에 비교할 기준점이 없었음을 요가를 하며 알아간다.

알고 보면
'플렉스'였던 걸까

어느 날 외근을 가는 차 안에서 무심코 창밖을 내다봤다. 룰루레몬 레깅스를 입은 남녀 세 명이 성수대교 남단 사거리 쪽 인도에서 뛰고 있는 모습이 눈에 띄었는데, 아마 요가 클래스가 끝나고 도산공원 방향으로 조깅을 나가는 모양새 같았다. 나도 당장 차에서 내려 같이 뛰고 싶을 만큼 활기차 보여서 눈을 떼지 못했다. 내가 끌리는 타인의 이미지는 어느새 그런 모습이다. 농산물은 직거래로 사는 파머스 마켓 이용하기, 채식 지향과 제로 웨이스트를 실천하는 지구 힙스터, 온라인 클래스로 코딩 수업을 듣고, 명상 클래스에 참여하기. 나는 트렌드를 좇는 산업에서 일하고 있으며, 살아오는 내내 단 한번도 최신 트렌드 학습에서 벗어나본 적이 없다. 그건 내가 생계를 유지하는 방식이기도 하니까. 나는 유행을 곧잘 받아들였고, 내가 요가를 시작한 이유 역시 미디어의 영향이었다. 뉴요커들이 요가 매트를 어깨에 메고 요가 스튜디오에 다니며 아쉬탕가 요가를 하는 모습이 앞선 라이프스타일처럼 보였고, 예능 프로그램 〈효리네 민박〉에서 가수 이효리의 일상 요가 모습도, 인스타그램에서 만나는 일본 모델 야노 시호의 하와이에서의 요가와 명상, 서핑하는 일상이 근사하게 느껴졌다. 내 요가 라이프 어디에도 인도를 여행하다 운명처럼 구루를 만났다는 영화 같은 설정은 없다.

　나는 스무 살 무렵 건강한 삶에 조금도 관심이 없었다. 그때는 S라인 몸매를 위한 다이어트가 화제였을 뿐이고 건강이 화두는 아니었다. 내가 지금 사회에서 알고 지내는 크게 열 살 이상 차이 나는 후배들은 그렇지 않다. 그들은 팔팔한 나이인데도 건강에 관심이 많아서 음식부터 운동, 여행지까지 자기 관리를 중심에 두고 살아간다. 몸이 한번 망가지고 난 후에야 건강한 삶을 중심에 두고 살게 된 나와는 자기 관리의 동기부터 다르다. 이런 거대한 흐름을 함축한 단어는 웰니스다. 보다 더 구체적으로 웰니스가 와닿는 건 이런 광고를 볼 때다. '산과 바다가 펼쳐진 공간에서 숙박을 하며 요가와 명상, 로컬 식재료로 식사가 제공되며, 하이킹과 서핑까지 가능한 몸과 마음을 다스리는 여행' 말이다. 여기에 마사지나 쿠킹 클래스 같은 참여 행사가 추가된다. 더 이국적인 옵션으로 아유르베다(인도 힌두교의 전통의학) 치유까지 겸하기도 한다. 풍요로운 이 시대에 몸과 마음이 고통받는 많은 사람을 위해 하나의 거대한 산업이 된 웰니스, 나는 이런 치유 프로그램에 늘 관심이 갔다. 웰니스는 자기 자신에게 집중하는 방법이며 올바른 삶의 방향성에 대한 고민까지 담겨 있기도 하다.

건강을 가꾸는 법을 아는 인적자본, 실천할 수 있는 시간자본, 질 좋은 의식주와 웰니스를 위한 비용을 감당할 수 있는 물적자본까지. 건강을 '추구'한다는 자체가 모두가 누릴 수 있는 평등한 삶은 아니다. 업무에 시간을 모두 빼앗긴 채 나를 챙길 여유가 없었고, 모든 음식을 외부에서 조달할 수밖에 없었던 시기, 그럼에도 노동의 대가는 한없이 적었던 젊은 시절에는 건강한 삶 자체가 도달하기 어려운 목표였다. 그 시기를 버텼지만 병을 얻었고 이제야 아침마다 과일 그릇에 담겨 있는 사과 하나를 꺼내 씻어 조각을 내고, 신선한 채소 세 가지를 직접 손질해 접시에 올리는 삶을 산다. 요즘 플렉스(Flex)라고 해서 멋진 물건이나 한정판 같은 걸 인증하며 부유함을 자랑하는 젊은 세대의 문화가 있다고 한다. 누군가에게 플렉스란 퇴근 후 그냥 눕고 싶은 걸 꾹 참고 참석한 요가 클래스, 유기농 식품으로 차려 낸 식탁, 비건 인증 상품일 수도 있다. 규칙적인 생활과 건강한 음식, 운동은 보여주기가 아닌 나이 들수록 더 절실해지는 삶의 필수이며, 나와 가까운 사람들이 더 좋은 삶의 방식을 함께 누리길 바라는 마음도 건강한 삶을 과시하는 이면의 하나다.

요가 수업을 마친 나는 룰루레몬의 요가복을 위아래로 입고 발리의 요가복 브랜드인 '위아우붓'(WE-AR-Ubud)의 면 에코백에 쌓인 개인 요가 매트를 어깨에 멘 채 거리를 걷고 있다. 한 손에는 물병을 쥐고 채식 레스토랑을 향하는 중이다. 손목에 채워진 스마트워치로 UV 지수를 확인하며 선크림을 언제 발랐는지 가늠하기도 한다. 좋은 장비를 갖추고, 이런 시간을 누릴 수 있는 여유, 웰니스에 대한 깊은 고민을 한다는 자체가 굉장히 여유로운 삶의 증거 같다고 나의 웰니스 라이프를 곱씹는다. 오랫동안 여러 라이프스타일을 실험해보았다. 어떻게 살면 좋을까를 고민하며 되는 대로 흘러가는 대로 살기보다 근사한 삶을 살고 싶다고 막연하게 생각했던 것 같다. 그러던 나는 정작 먹고살기 바쁘면 삶의 기본조차 제대로 챙기지 못함을 알게 되었지만. 내게 기분 좋은 생활 방식이란 상황에 따라 달라졌다. 지금 나에게는 좋은 컨디션을 만드는 방법이 삶에서 가장 앞서 있다.

공기처럼 가벼운 몸

유기농 텃밭에서 직접 기른 채소로 비건 메뉴를 차리는 셰프 마데 루나타가 운영하는 목사 우붓(Moksa Ubud) 레스토랑. 이 근사한 곳은 내 숙소와 꽤 떨어져 있었지만 기어코 가겠노라고 그랩 택시를 불렀다. 그러나 기사는 나를 동일한 이름의 유기농 화장품 숍에 내려주었고, 나는 망연자실한 채로 볕 뜨거운 낯선 길에 오도카니 남겨졌다. 다시 부른 그랩 택시는 내가 있는 곳을 찾지 못했고 나는 택시를 잡지 못한 비운을 구글 맵으로 극복, 수십 분을 걸어 숙소로 돌아왔다. 목사 우붓은 나와 인연이 닿지 않았지만, 다시 발리에 간다면 꼭 한 번쯤은 가고 싶다. 나는 채식인은 아니고, 육류를 편식하는 페스코 베지테리언 입맛에 불과한데, 유독 우붓에는 치킨이 든 메뉴가 많았다. 내가 먹을 수 있는 육류 중 닭고기는 최하위 선호도를 가졌으니 자연스럽게 채소와 곡물, 두부로 이뤄진 음식밖에는 선택지가 없기도 했다. 나는 여섯 살 때부터 흰 살 생선과 채소를 주로 먹는 페스코 베지테리언이었다가 스무 살 때 처음 고기를 먹어봤다. 고기 맛을 봤음에도 여전히 육류를 즐기진 않는다. 동물성 지방보다 올리브유와 견과류를 즐겨 먹어서인지 여태 혈관 관련 질환은 없다. 조류 홍학은 날 때부터 핑크색 깃털이 아닌 진회색인데, 새우 같은 갑각류를 먹어서 깃털 색이 핑크로 변한다고 한다. 우리 몸 상태도 홍학과 다를 바 없이 평소 식습관에 영향을 받는다. 내가 먹어온 것이 지금의 나를 만들었다.

　요가와 채식은 몸의 가벼움을 지향한다는 점에서 상당 부분 닮아 있다. 내가 요가를 조금은 진지하게 해봐야겠다고 생각했던 날이 있다. 가장 처음 다녔던 요가원은 집에서 5분 거리에 있었다. 그곳에서 요가의 기초를 배웠는데, 몸을 제대로 쓰지 못하고 힘도 없던 내가 조금씩 달라져가는 모습을 알아봐주는 선생님들이 있었다. 수업마다 바뀌는 선생님들은 요가에 있어 각기 다른 점을 지향했다. 동네 요가원은 일종의 학원 같아서 대표는 요가 수련자가 아닌 일반인 사업자였고 프리랜서 강사를 고용해 운영하는 시스템이었다. 나에겐 생활체육이니 이름난 지도자가 원장인 곳을 찾아 나설 이유가 없었고, 일단 요가원에 가는 게 가장 중요해서 집과 가장 가까운 곳으로 골랐다. 그러나 내가 다니던 요가원은 코로나 시대를 맞아 재정난에 시달렸고, 회원에게 사전 고지 없이 폐업하고 말았다. 상대적으로 폐업 사기에 안전한 곳은 자기 이름을 걸고 운영하는 요가원이라고 하니 참고하길.

비록 나의 첫 번째 요가원은 회원들에게 스튜디오를 리모델링한다는 거짓 문자를 보내고 잠적해버리는 폐업 사기로 헤어졌지만, 3년여를 다녔던지라 여러 추억을 가지고 있다. 유독 떠오르는 선생님은 주말만 수업했던 분이다. 비교적 수다스러웠던 그분은 맥락 없이 생각나는 대로 자신이 겪은 일을 말했는데, 본인이 살이 쪘고 어떤 다이어트 중이라는 사담을 거침없이 하는지라 조용한 수행과는 거리가 멀었다. 그날도 그 선생님은 머릿속에 생각나는 말을 흘리듯이 했다. "요가는 공기처럼 가벼운 몸을 목표로 하지만 공중부양을 하는 것이 요가가 나아가야 하는 길은 아니에요"라는 의견을 냈는데 나는 유독 그 말이 인상 깊게 다가왔다. 요가에는 어깨 서기 자세, 물구나무 자세, 아치 자세 같은 중력을 거스르는 동작이 여럿 있다. 특히 대부분의 수강생들은 머리 서기 자세에 로망을 가지고 있어 그걸 목표로 몸에 힘을 기르고 단계별로 동작을 만드는 법을 알려주는 선생님도 많다. 그러나 그 활달한 선생님만큼은 몸의 균형과 정렬을 맞추는 교정에 더 신경 썼다. 당시만 해도 나는 요가에 대해 깊이 생각해본 적이 없었고, 나아가고 싶은 방향도 없었다. 단순한 스트레칭 시간에 불과했지만, 공기처럼 가벼운 몸이라는 목표 의식이 그 선생님 덕분에 처음 생겨났다. 내게 미니멀라이프가 삶의 가벼움을 가져다준 것처럼 요가가 나에게 가벼운 몸을 가져다주길 바라게 된 것.

몸의 가벼움이 단순히 날씬한 몸매를 뜻했던 적이 있다. 타고난 뼈대와 몸의 라인이 날렵하지 못해서 속상한 날들이 많았던 나는 오랜 소식으로 나름 지속 가능한 다이어트를 한 적도 있었다. 과하게 살을 뺐을 때 확실히 옷의 맵시는 예뻤지만 그 당시 나는 건강하지 않았다. 기초대사량도 채우지 못하는 칼로리 섭취가 계속되자 어지럼증이 잦아졌고 더 많은 일을 해낼 에너지 역시 없었다. 그 후로 식사 제한은 하지 않는다. 스스로를 허약하게 만드는 다이어트는 그만뒀지만, 가벼운 몸은 또 다른 이야기다. 몸을 공기처럼 가볍게 만드는 시작은 채식 지향으로 만든 혈류의 흐름이 원활한 혈관, 높은 수면의 질로 피로 물질을 제거한 깔끔한 혈관, 적당한 근육이 잡혀 에너지를 내는 몸이랄까. 이제 그런 모습이 그려진다.

그러나 나는 식이 전문가가 아니라서 채식 중심 식단이 정답이라고 외치진 못한다. 유명한 투자자 워런 버핏처럼 콜라와 햄버거를 평생 즐겨 먹어도 장수하는 사람도 있고, 1일 1식을 실천하는 의사처럼 간헐적 단식으로 건강상의 효과를 본 사람도 있고, 굳이 아침 식사를 챙겨 먹지 않아도 컨디션에 아무 문제가 없는 사람도 있으니. 건강한 몸이란 알면 알수록 뭐가 뭔지 모르겠다. 단지 내가 지향하는, 또 내 몸에 맞는 방식을 찾아갈 뿐이다.

손끝부터 발끝까지
정성스럽게

몸의 모든 긴장을 풀고 요가 매트 위에 누워서 하늘을 올려다보니 반얀트리(유명 호텔 체인 이름이 아닌 진짜 나무로 처음 보았다)의 무성한 나뭇잎 사이사이로 파란 하늘이 새어 들어온다. 귀에는 나뭇잎을 흔들고 지나는 바람 소리가 들리고, 눈을 감고 온몸의 긴장을 풀자 발끝과 손끝이 축 늘어진다. 나무 데크 위를 지나다니는 개미가 신경 쓰이긴 하지만, 리조트에서 잘 가꿔놓은 '논(쌀농사를 짓는 그 논) 뷰'를 바라보며 하타 요가를 한 이른 아침. 덥고 땀이 났지만 동시에 마음에 평화로움이 가득 깃든다. 발리에서 가진 야외 요가 시간은 자연스레 나를 서울에서의 비슷한 그때로 데려간다. 봄에 종로 계동에 위치한 북촌 요가원에서 진행한 요가 피크닉을 갔었다. 부암동 백사실 계곡 근처였고, 흙과 나 사이에는 얇은 요가 매트 한 장이 전부였다. 실내에 비하면 울퉁불퉁한 땅을 지지하기 위해 발바닥에 더 힘을 주어야 했고, 매의 눈을 하고선 매트 위로 기어들어 오는 각종 날벌레의 침입을 요가 동작을 따라 하는 도중에 틈틈이 처리했던 기억도 난다.

다시, 발리. 깊은 이완 끝에 눈을 떠 보니 매트 옆으로 개미가 많이 기어 다닌다. 귓속으로 저 왕개미가 들어가면 어떡하나, 갑자기 소름이 돋고 몸은 적군의 침입에 대비해 경계 태세를 갖추느라 긴장했지만 나무를 한 번 보고 논 뷰를 보니 마음이 진정된다. 자연은 멀리 볼 때 가장 아름답다. 다시 눈을 감고 사지를 쭉 뻗은 내 몸의 순환에 집중한다. 발리와 서울에서의 모든 요가 시간을 통틀어 가장 좋아하는 자세는, 아니 나뿐만 아니라 요가하는 모든 일반인이 입을 모아 동의할 만큼 좋아하는 아사나는 분명 '사바아사나'일 것이다. 사바아사나는 송장 자세란 뜻인데 다리를 매트 너비만큼 벌리고 손바닥은 하늘을 보게 놔두고 팔과 몸통 사이에는 주먹 하나 들어갈 만큼 벌린 채 온몸의 긴장을 풀고 이완하는 마무리다. 요가의 시퀀스는 선생님마다 다르지만 마지막은 꼭 사바아사나로 끝나며 겉으로는 언뜻 잠자는 시간으로 보이지만 활발히 몸을 쓰고 나서 체내의 기가 원활하게 순환하고 회복할 수 있도록 돕는 중요한 시간이다. 야외에서 이 자세를 취하면 온몸에서 느껴지는 반응과는 별개로 바람이 닿는 피부의 촉

각, 나뭇잎이 흔들리는 소리의 청각, 풀 냄새의 후각, 심지어 단침이 고이는 듯 미각까지 오감이 열린다. 눈을 슬며시 뜨면 보이는 모든 숲과 하늘은 아름다우니 시각은 말해서 뭐할까. 근육의 당김, 기의 순환까지가 실내 요가에서 느꼈던 전부라면 야외에서 하는 요가는 몸의 감각을 모두 깨운다.

나는 요가를 하며 숨겨진 키 1cm를 발굴해냈다. 허리를 펴고 앉는 힘도 키웠고. 그러나 이보다 내가 요가를 하며 가장 크게 배운 바는 몸의 자극 하나하나에 집중하는 법이다. 나도 꽤 급한 한국인의 피를 가졌기에 몇 년간 선생님의 동작

따라 하기에 급급해 호흡도 잊고 힘이나 때로 깡으로 버티곤
했다. 동작 흉내 내기 외에도 혹시나 남들보다 뒤처질까 두
려워 어떤 동작을 취하라 하면 일단 최대한 빠르게 움직이기
가 몸에 뱄다. 다리를 곧게 땅에 디딘 채 등을 앞으로 쭉 뻗은
'ㄱ'자 형태로 만든 다음 팔을 바닥에 닿도록 내리는 '아르다
우타나아사나' 자세를 취할 때는 등을 둥글게 해서라도 남들
만큼은 내려갈 수 있음을 보여주기도 있었다. 선생님이 "등
펴는 게 어려우신 분은 너무 많이 내려가지 않아도 됩니다"
라고 고운 말로 주의를 주면 그제야 몸을 재정비했고. 그 자
세의 핵심은 등을 펴는 것임에도 초보인 나는 내려가기에만
집중하는 우를 범했다. 요가는 평소에 쓰지 않는 근육에 자극
을 주고 풀어주는 동작이 많아 대체적으로 불편한 느낌이 든
다. 유독 일상과 거리가 먼 자세가 많다. 나는 양발을 허벅지
위로 둔 채 앉는 로터스, 연꽃 자세를 취하면 비틀린 골반 탓
에 오래 버티질 못한다. 고통에서 벗어나려고 번개 같은 속도
로 몸을 원상 복귀시키곤 했지만, 그럴수록 몸이 부상당할 확
률이 높아지고, 근육이 놀랄 수도 있다. 천천히 몸을 다스려
가며 강한 자극에서 빠져나와야 하는데도 처음에는 어려웠
다. 그런 시기가 지나고 나서야 남보다 한 템포 아니 몇 템포
느려도 내 몸이 다치거나 놀라지 않도록 집중하고, 자세에 따

른 자극점을 인식하고 호흡과 함께 움직여야 더 열리는 감각을 가질 수 있음을 알았다. 내 몸이 준비되었는지, 준비가 되지 않았는지 살피면서 운동 강도를 조금씩 올리며 부상을 입지 않도록 조심하는 것은 그 무엇보다 중요하고. 나의 요가 수련은 가벼운 몸만들기라는 추상에서 벗어나 비로소 몸에 대한 존중과 집중을 배우는 방향으로 나아간다.

　머릿속으로 딴생각을 하는 날, 동작은 최대한 힘들지 않게 대충 하는 날, 이를 악물고 무리하는 날. 그런 날에는 요가 수업이 끝나도 개운하지 않다. 시간이 아깝다는 마음이 들기도 하고, 몸의 피로감이 두 배가 되기도 한다. 온전히 요가의 모든 효과와 효능을 흡수하려면 몸의 곳곳을 의식하며 집중해 움직여야만 한다. 한마디로 나는 내 몸을 정성스럽게 사용한다는 마음가짐으로 다리를 뻗고, 손끝까지 힘을 고루 보내야 한다. 몸을 정성스레 쓰는 연습은 요가의 시간뿐 아니라 생활 곳곳에 있다. 식사를 하며 충분히 음식을 씹어서 삼켰는지, 양치를 할 때는 대충 이를 문질러 닦으며 핸드폰을 보는 대신, 치아 하나하나에 칫솔질을 정성스럽게 했는지. 집중력 수행이란 멀리에 있지 않다. 매분 매초 생활 속에서 향상시킨다.

스마트워치는
든든한 조력자

학교 건물은 하얗지만 군데군데 세월의 흔적이 느껴졌고, 운동장엔 모래가 잔뜩이어서 건조한 봄날에는 흙먼지가 날렸다. 구석에 있는 철봉은 키별로 세 개가 나란히. 운동장에는 아이들이 가득 뛰어놀았고, 소심한 나는 홀로 철봉 하나를 붙잡고 긴장을 숨기지 못했다. 초등학교 때의 나는 운동신경이라고는 전혀 없었지만 교과목에 충실한 학생이기도 해서 철봉을 붙잡고 한 바퀴 돌기를 시도해보려는 중이었다. 떨어지면 아프겠다는 두려움에 휩싸여 철봉에 배를 너무 힘줘 눌렀더니 한 바퀴 돌고 내려오자 눌린 배가 아팠다. 세상이 거꾸로 보이던 순간은 멀미가 났고, 나도 할 수 있다는 자각으로 두 눈이 커지기도 했다. 그 뒤로 다시는 하지 않았지만. 겁은 많은데 하고 싶으면 어떻게든 해보고 나서 판단하는 나의 성향은 타고난 셈이다.

재능이 손톱만큼도 없는 일은 하고 싶지 않다. 못난 자신을 매일 마주하는 자체로 자존감이 바닥을 치는 데다, 사는 게 셀프 고문도 아니고 좋아하지도 않고, 못하는 일을 억지로 하지 않아도 삶에 크게 지장이 없으므로 오히려 시간 낭비 아닌가. 다만 규칙적인 운동처럼 나이 들수록 꼭 필요한 경우는 아무리 싫어도 어떻게든 해야 삶의 질을 유지하기에 운동을 몹시 싫어하는 나도 컨디션 유지를 위해 생활체육을 마음이 아닌 머리로 시작했다. '하고 싶어'가 아닌 '해야만 해'. 예체능은 어른이 되어서야 진정 중요한 일상 과목이 된다. 고운 음악과 그림으로 기분을 환기하고, 체육은 심신을 튼튼히 해 줘 일상을 풍요롭게 만들기에 삶의 질이 올라간다. 나는 못해, 라고 선을 그었던 모든 일에는 분명 자신에게 맞는 수준이 있다. 그런 하나를 찾은 후에 적응하고 점점 매력을 발견해나가면 좋아지기도 한다. 매일 아침 요가 매트를 깔고 요가 음악을 켠다. 쉬어가되 포기하지 않는 나는 여전히 잘하는 요가 자세는 없지만, 전혀 하지 않았던 예전보다는 몸을 훨씬 유연하게 쓴다. 익숙해지고 만다. 이는 재능이 없음에도 계속하는 사람이 얻는 유일한 보상이다.

운동하는 재미는 여전히 모른다. 그러나 내 유전자에는

기록을 즐기는 성향이 있고, 스마트워치를 사용한 이래로 나는 기록하는 즐거움으로 운동을 한다. 주객전도지만, 모로 가도 서울만 가면 된다는 말도 있듯이 어떤 수단과 방법을 쓰든지 운동이란 목적만 달성하면 된다. 요가 수업은 "명상을 시작하겠습니다. 양손은 무릎 위에 가볍게 놓으시고…" 하는 선생님의 호흡 명상 가이드가 먼저인데, 나는 그 말이 들리면 재빠르게 시계의 운동 앱을 열고 요가 메뉴를 탭한 다음에야 명상을 시작한다. 이제부터 나의 운동 시간, 소모 칼로리, 심박수가 기록된다. 여기에 어디에서 운동했는지도 지도에 표시되므로 운동 일기가 되기도 한다. 이제 스마트워치의 기록 없이 운동하면 아쉽다.

손목에 찬 시계를 들여다본다. 시계 페이스는 아날로그처럼 시침과 분침이 보이도록 설정해뒀다. 시계를 숫자로 보는 이 시대에 도형으로 시간을 보면 내게 주어진 하루의 총량을 가늠하게 된다. 생산과 휴식이라는 커다란 일상 구분을 마음속에 담게 되어 현명하게 시간을 나눠 쓰는 효과가 있다. 왼쪽에는 날씨 아이콘을 설정해두었는데, UV 지수가 강렬한 시간에는 그 세기가 숫자로 표시된다. 나는 워치가 제공하는 날씨 정보에 맞춰 우산을 챙기거나 선크림을 덧바르거나 옷을 껴입는다. 이보다 중요한 기록은 소모 칼로리, 매 시간마다 움직였는지, 오늘 운동 시간의 목표치를 설정해두고 하루에 얼마나 달성했는지 체크하는 일이다. 일주일이 지나면 스마트폰 건강 앱에 리포트가 뜨는데, 나의 운동 흐름 등이 지난주와 비교해 어떻게 달라졌는지 일목요연하게 보여준다. 시계 페이스 하단에 자리 잡은 심박수는 생명과 연결된 중요 정보라서 메인에서 바로 볼 수 있게 추가해뒀다. 그 밖에 즐겨 찾는 기능은 요가, 하이킹, 조깅, 배드민턴 등 운동을 선택해 기록을 남기는 앱과 소음 체크 기능. 요즘 불면증이 생긴 이후로 수면의 질과 기초체온을 측정하기 위해 시계를 차고 자기도 한다. 충전 시간을 제외하곤 거의 24시간 착용하는 셈이다. 답답하고 귀찮아 액세서리를 잘 착용하지 않음에도 시계는 건강을 챙기고자 내내 착용한다니, 절실함이 언제나 예외를 만든다.

스마트워치는 오로지 나의 건강관리에만 집중한 도구라서 달력의 일정 알림이나 메시지처럼 업무와 연관된 연동은 모두 꺼두었다. 대신 내 스마트워치는 정신없이 앉아 일하는 나에게 분침이 50분을 가리키면 "일어날 시간이야" 하고 알람을 보낸다. "어제는 링 세 개를 채우지 못했어, 괜찮아.

오늘은 새로운 날이니까" 하면서 격려한다. 컨디션 관리는
더 이상 혼자만의 투쟁이지 않다.

아유르베다에서 배운
균형 감각

요가 매트 위에서 힘껏 땀 흘리고 명상하며 호흡을 고르는 수련을 마치고 나면 몸이 안쪽에서부터 따뜻해진다. 기분 좋은 몸, 부드럽게 풀려서 유연해진 몸에 내가 생기 있고 건강하게 살고 있다는 기운이 잔뜩 깃든다. 땀을 많이 흘린 반야사 수련을 마치고 집에 돌아오면 더운 몸에 온수 샤워를 한다. 운동하며 쌓인 피로를 풀어주는 첫 번째 단계다. 다음으로 가벼운 샤워 가운을 걸친 후 보이숙차를 자사호에 우려 마시는데, 차를 마시면 마실수록 몸 안에 따뜻한 기운이 순환하고, 차분함이 스민다. 불쾌할 만큼 땀을 흘리지 않았다면 차를 마신 후에 샤워를 하는 편이 요가가 가져다준 좋은 기운을 몸에 오래 잡아두는 방법이기도 하다.

나는 아사나에 집중하는 요가를 주로 해왔다. 근력, 유연성을 기르는 신체 단련으로서의 요가인데 태양경배 자세

(수리야 나마스카라)로 몸을 데우고, 물 흐르듯 몸을 움직인다는 빈야사다. 선생님들은 수업 시작 전에 오늘은 몸 비틀기에 집중할 거다, 가슴을 활짝 펴볼 거다 같은 목표(가장 어려운 아사나)를 제시한다. 그리고 그 목표를 향해 몸을 준비시켜 가는 방향으로 수업이 짜인다. 하타 요가가 인도 전통 요가라면 아쉬탕가, 빈야사는 모두 이 줄기에서 파생한 요가인데, 이를 대중적인 미국식 요가로 만든 것이 내가 지금 배우는 요가다. 종종 아사나보다 프라나(Prana)에 집중하는 요가 선생님들을 만난다. 그들은 보다 인도 정통파에 가깝다. 프라나는 에너지, 기를 의미하며 이를 끌어올리고 순환시키는 데 집중하는 수련이 프라나야마다. 보통 호흡으로 수련한다. 낯선 단어들이 잔뜩 있지만, 한마디로 요가를 깊게 알아가다 보면 인도 철학과 맞닿아 있는 심오한 세계가 있다.

처음 내가 요가 후 마셨던 차는 아유르베다 허브티였다. 미국식 요가를 마쳤지만, 어쨌든 그 뿌리는 인도이므로 어떤 인도적 기운을 받고 싶었다. 인도 전통의학을 의미하는 아유르베다의 이름에 홀려 덜컥 산 로네펠트의 허브티는 각종 허브와 생강이 블렌딩되어 있는데, 요가 후에 마시면 몸이 적당히 열을 낸다. 산스크리트어로 삶의 지식을 의미하는 아유르베다의 핵심은 균형 잡힌 몸을 만들어 건강을 유지하는 것이다. 아유르베다가 말하는 세 가지 체내 에너지이자 기질인 도샤는 바타(Vata, 공기와 바람), 피타(Pitta, 불), 카파(Kapha, 물과 흙)로 이 세 가지의 균형이 맞아야 건강하다고 본다. 아유르베다는 병을 치료하는 관점이 아닌 장기적으로 건강을 유지하는 생활 방식을 목표로 한다.

여러 아유르베다 문답 테스트를 해보면 나의 체질은 피타 우세 같아 보인다. 피타는 식사 거르는 것을 참지 못하고 (그런 편이다), 완벽주의자로 화를 잘 낸다고 한다(화를 참지는 않는다). 좋은 점은 몸이 유연하다 정도가 보인다(연체동물급 유연함은 없다). 피타 에너지가 늘어나는 시기는 여름과 초가을로 나는 여름에 태어나서 그런지 더위에 강하다. 불볕더위에 기운이 솟은 적은 없지만 기력이 크게 쇠하지도 않고 식욕도 겨울보다 좋다. 피타 체질에게 추천하는 향신료 중 바질, 고수, 시나몬, 생강 정도가 내가 일상에서 쉽게 접하는 종류. 생과일과 채소, 특히 여름 채소가 좋다고도 한다. 체질이란 꼭 건강을 위해서는 아니고 나란 사람이 왜 그런 행동을 하는지 이해할 수 있는 하나의 근거 같다. 마치 사주를 보고 MBTI 검사를 하고 어떻게든 미스터리한 나를 이해해보고자 하는 노력 같은. 나의 행동에 납득할 만한 이유를 덧붙이면 나에 대한 이해심과 포용력이 커지는데, 나를 유연하게 받아들이는 '그럴 수 있어' 단계까지 가기 위해 많은 탐구가 필요한 셈이다. 그러나 성격, 체질은 세월, 경험, 상황에 따라 언제든 바뀔 수 있기에 고정관념은 위험하다. 나는 요즘 여름 나기가 힘들고, 단것을 잘 찾지 않는다. 완고한 계획주의자에서 융통성 있는 계획주의자로 변하는 중이기도 하고. 그러니 틀 안에 나를 가두지 않는다. 사람은 쉽게 변하기도 고여 있기도 하지만 결국은 살아 있기에 어느 쪽으로든 열린 존재다.

알아차리기. 균형 감각은 깨어 있는 감각에서 온다. 내 체질과 성격의 고유성을 찾기보다는 지금 내 몸이 바라는 것을 똑바로 보고 고집부리지 말고 원하는 대로 해주는 것. 하루의 컨디션이 유독 나쁘면 몸의 균형이 어디에서 무너졌나 생각한다. 잠이 부족하고 유독 피곤하면 운동을 하지 않는다. 잠—식사—운동 순으로 나에겐 중요하고 첫 번째가 충족되지 않으면 다음 단계는 없다.

말간 얼굴 만들기

비정상적인 평화로움에 질식되는 기분. 저자극 아닌 무자극이 이토록 지루할 줄이야! 이방인이 느끼는 한적한 휴양지에서의 평온은 도시에서의 갈급한 생활을 그리워하게 만든다. 배우 메릴 스트리프가 캘리포니아에 머물 때 우울한 잿빛 뉴욕으로 돌아가고 싶다고 했다던가. 나도 딱 그런 심정이다. 사람들이 늘 웃고 있어! 어딜 가나 여유로운 사람들이 운동하고 있어! 무표정하고 예민하며 쉴 틈 없이 일하는 주변 사람이 나의 보통이었기에 이런 환경이 어색했다. 내게 익숙한 자본주의 미소가 아닌 자연 그대로의 순도 높은 미소를 짓는 이들과 매일 만나며 나는 서울을 그리워했다.

짧은 여름휴가가 끝나고 다시 집으로. 이틀 정도 여독을 풀고 사무실로 나왔더니 "얼굴에서 빛이 나요!" 하는 후배의 감탄사가 따라왔다. 선크림을 꼼꼼히 바른 얼굴과 몸이지만 볕을 잔뜩 받기도 했고, 온몸에 바람을 쐬었고, 무엇보다 물을 잔뜩 마셨던 생활의 결과일까. 내내 운동과 명상, 마사지가 이어졌으니 당연할지도. 그 빛나던 얼굴은 사무실로 돌아오면서 조금씩 빛이 바래기 시작했다. 햇볕 대신 천장 등에 의존하고, 환기를 잘 시키지 않은 채 에어컨이 빵빵하게 켜진 공간에서의 생활, 파티션으로 사방이 막혀 있는 답답함. 동시에 익숙한 공간이 주는 아늑함도 있다. 종종 퇴사자 책상으로 오인받을 만큼 개인 소지품이 없는 내 책상 위에는 명상을 위한 돌 하나만 놓여 있다. 그러나 이곳의 주인인 내가 텀블러를 내려두면 생동감을 찾는다. 물만 계속 마실 수 있다면 저절로 업무 집중도가 높아지는 나는 언제나 물을 곁에 둔다. 이런 규칙은 홈 오피스나 오피스나 매한가지며 회사, 집, 카페 등 장소에 구애받지 않는데, 가급적 볕이 드는 창가 근처에 앉아 물을 두면 비로소 그 자리가 내 자리가 된다. 이동하지 못하는 식물과 다를 바 없이 앉아서 일하는 자의 최소한의 생존 조건이랄까.

우리 몸의 절반 이상을 차지하는 물의 중요성은 되짚을 필요가 없을 정도다. 사람은 음식을 먹지 않아도 3주 동안 살수 있지만, 물이 없으면 3일밖에 생존할 수 없다고 한다. 성인

기준 하루에 1.5~2L의 물을 마시는 게 좋다고 해서 나는 한 번에 300ml 정도를 담을 수 있는 작은 텀블러에 물을 담아 하루 동안 여러 번 나눠 마신다. 작은 용량의 텀블러는 휴대하기 편하기도 하지만, 계속 앉아 일하면 관성 때문에 일어나기 싫어지는데, 물이 떨어졌다는 이유로 몸을 일으키기에 두루두루 이점이 있다.

기상 후 상온의 물 한 잔, 목이 마르지 않아도 잠깐 숨 고르기를 때 마시는 물, 스트레스로 갑자기 열이 오를 때에도 한숨 돌릴 수 있는 장치. 평소 물 외에도 채소와 과일이 풍부한 균형 잡힌 식단에서 고품질의 수분을 흡수하려고 정성을 쏟는다. 땀을 많이 흘렸던 발리에서 요가나 하이킹 후에는 꼭 코코넛워터를 마시기도 했고. 천연 이온음료 같은 코코넛워터는 그 장소, 그 기후에서 물보다 더 완벽하게 수분과 전해질을 빠르게 보충해주었다. 서울의 변화무쌍한 날씨에는 평범한 정수기 물이나 편의점에서 파는 생수, 집에서는 보리차를 마실 뿐이지만.

어떤 곳에서든 업무 공간이 실내에 있다는 사실은 변하지 않는다. 심리적 답답함과 갈증은 수시로 찾아온다. 피부도 수분을 흡수한다고 하는데 촉촉한 숲에 둘러싸이지 못하고 콘크리트 안, 때로는 철옹성 같은 파티션 안에 머물다 보니 마시는 수분이 더 많이 필요한지도 모르겠다. 시간을 잊은 채 일하고, 잠깐 서 있는 시간조차 아까울 만큼 바빠 일할 때도 언제나 잊지 말아야 할 충분한 물 마시기.

내가 지루한 파라다이스에서 본, 마치 모델처럼 균형 잡힌 몸매의 소유자들이 스쿠터를 타고 요가원을 오가는 모습이 떠오른다. 그들은 옆구리에 슈퍼에서 파는 1L짜리 생수를 끼고 다녔는데, 자유로운 분위기와 물의 조합은 꽤 인상적이었다. 일단 그 무게의 생수를 들고 다니는 근력이 대단했고, 물을 자주 마셔서 건강하게 빛나 보이나 싶었다. 생수 한 병이 연상시키는 짧지만 강력한 웰빙 오라(Aura)다. 적당량의 물과 운동이 말간 얼굴을 만드는 기본임은 확실하다. 돌이켜 생각해보니 복귀 첫날, 갓 휴가에서 돌아온 내 얼굴은 긴장이 풀린 채 방긋방긋했을 테다. 그러니 더 빛나 보이지 않았을까? 아아, 내 휴가는 평화로움에 적응할 만큼 길지 못했다.

회복의 시간

적당히 미지근한 모래밭을 맨발로 거닐면 체중에 눌려 발이 푹푹 빠진다. 걷기 힘들지만 따뜻한 모래가 발을 감싸고 그 느낌이 좋아 한없이 걷게 된다. 해변가에서 벗어나 잘 포장된 길을 걸으면 몸이 전보다 가볍다. 기분 좋은 피로감도 밀려온다. 불편하고 무거운 발걸음 끝에 얻는 개운함. 그건 가벼운 감기 몸살, 살짝 앓는 미열, 몸은 피로하지만 아직 잠이 오지 않는 그런 상태에서 한숨 푹 자면 찾아오는 말끔히 나은 기분과 같다.

규칙적으로 운동하기 전의 나는 자주 몸살에 시달렸다. 꼭 운동이 아니라 휴식하는 법을 몰랐을 때의 나라고 해야 정확하다. 보통 몸이 으슬으슬 떨리곤 해서 이불을 하나 더 꺼내고, 땀을 잘 흡수할 수 있는 얇고 가볍고 편안한 면 파자마로 갈아입는다. 보온 물주머니에 뜨거운 물을 채워 이불 안에

밀어 넣고, 전자레인지에 데운 죽을 억지로 먹은 뒤 약을 먹는다. 몸이 덜덜 떨리는데도 양치까지 마치고 나면 이제 나와 시간의 싸움뿐이다. 끙끙 앓으며 몇 시간이고 잔다. 눈이 자연스럽게 떠질 때 일어나면 긴장이 완전히 풀린 몸이 나른하다. 땀이 난 몸을 따뜻한 물로 씻고, 미지근한 물에 레몬즙을 섞어 레몬워터를 마시고 나면 '이제야 살 것 같아. 나는 아직 살아 있다'라는 기분만 남는다. 이런 날은 세상이 다르게 보인다. 비가 와도 햇볕이 강하게 내리쬐어도 무조건 좋은 날이다. 나른한 몸은 기운이 없지만, 독소가 빠져나간 듯 가볍다. 이상하게도 내가 한 겹 더 강해진 듯하다.

내가 즐겨 마시는 피로회복제는 따뜻한 레몬워터다. 반으로 자른 레몬을 스퀴저에 착즙해 따뜻한 물에 섞는 무척 단순한 레시피. 꿀 약간을 넣을 때도 있다. 전날 잠을 설쳐도 과로한 날에도 따뜻한 레몬워터 한 잔이면 자기최면처럼 피로가 풀리곤 한다. 비타민C와 칼륨이 풍부하다는 레몬의 이점은 피로회복에 있다. 칼륨과 나트륨의 균형이 혈압 유지와 근육의 수축과 이완에 영향을 미친다는 건강 칼럼의 근거 또한 레몬의 풍부한 매력을 알게 한다. 소화가 되지 않을 때 신 걸 먹으면 도움이 되었던 자체 임상 실험 결과도 있다. 그런데

그보다 내가 더 좋아하는 레몬의 특징은 유명한 격언에 있다.

삶이 레몬을 주면 레모네이드를 만들자.

(When life gives you lemons, make lemonade.)

데일 카네기가 그의 책《걱정을 멈추고 삶을 시작하는 법》(How to Stop Worrying and Start Living)에서 이 표현을 사용해 널리 알려졌다고 한다. 국내에선《데일 카네기 자기관리론》 이란 제목으로 번역 출판되어 있다. 이때 레몬은 인생에 던져 진 어려움이나 불운의 은유다. 달콤함이라곤 전혀 없는 신맛 이 전부인 과일. 살면서 시련은 언제나 찾아오고 여러 모습으 로 등장한다. 반면에 레모네이드는 삶의 고통을 바라보는 관 점을 바꾸고 찾은 희망의 결과물이다. 살아가는 데 도움이 되는 긍정적 태도랄까. 아무리 주의를 기울여도 삶의 문제란 언제나 예상 밖에서 일어난다. 문제가 주어졌을 때 막연히 잘 풀릴 거라 소망만 하고 있다면 문제는 해결되지 않는다. 내가 문제 해결을 위한 답을 찾아 움직였을 때만 상황을 바꿀 수 있다. 우리 몸의 컨디션만 보아도 평소 신선한 채소와 과일을 즐겨 먹고, 물을 마시고, 잠을 규칙적으로 충분히 자도 아플 수 있으니까. 운이 나빠서 그렇다. 운이 나쁘다는 건 우리가 전혀 모르는, 그래서 대비할 수 없는 일이 훨씬 많다는 걸 뜻한다. 그럴 때마다 자기 연민에 빠지는 걸 경계하고 실질적인 해결책에 따라 움직인다. 가벼운 병증이 생기면 홀로 간호할 수 있고, 가까운 응급실이 어디인지 알고 있는 것만으로 일시적인 나쁜 운을 이겨낼 수 있는 것처럼.

쌓인 긴장을 풀어주지 않을 때 굳은 몸은 가벼운 몸살을 선물한다. 강제로 긴장 풀기에 들어간다. 내가 수년간 몸살을 앓지 않은 건 꽉 조인 신경을 느슨하게 풀어주는 휴식의 시간을 자주 가져서일지도 모른다. 꼭 실질적인 피로회복제가 아니어도 1분간의 깊은 복식호흡, 귀여운 모든 생명체를 보며 웃거나 식물이 주는 싱그러운 에너지를 만끽하거나 아침 햇살을 온몸으로 쬐고, 종종 하늘을 올려다보는 그 무엇이든.

언제나 팽팽하게 당겨진 신경을 무디게 만드는 사소한 것 하
나가 소중하다.

슬세권 웰니스

건강함을 삶의 중심에 두고 살려면 얼마나 많은 비용과 시간이 드는지 발리에서의 짧은 경험으로 알게 되었다. 여행이되 일상이었던 발리에서의 생활은 꽤나 단조로웠다. 해가 뜨기도 전에 일어나 일출을 지켜보고 이른 아침과 오후에 요가를 두 번 한다. 중간에 명상 클래스를 듣고, 어떤 날은 부킷 참푸한(Bukit Campuhan)에서 최대 높이 274m까지 4km를 걷는 산책 같은 하이킹의 시간도 있다. 잦은 운동으로 몸을 활발히 움직이므로 근육의 뭉침을 풀기 위해 이틀에 한 번 전신 마사지, 다른 날은 풋 마사지를 받는다. 내가 묵었던 숙소에서 계단으로 한 층만 올라가면 바로 마사지숍이었는데, 체감상 도보 5초 거리에 마사지숍을 두고 있는 진정한 '마세권'에 머물렀기에 아주 편안했다. 오로지 내 몸의 웰빙에 집중했던 시간, 살면서 온통 심신의 평화에만 집중하며 보낸 시간은 처음이었다.

발리니즈 마사지는 물처럼 흐르듯 부드럽고 이곳의 풍부한 식물에서 추출한 오일은 향에 민감한 내게도 거부감 없이 다가와서 좋아한다. 여행 첫날 욕실에서 대차게 넘어져 곳곳에 멍이 든 나는 매번 같은 마사지 테라피스트에게 관리를 받았기에 몸이 얼마나 나아졌는지, 마사지 압은 어느 정도로 할 건지 미리 상담하곤 했다. 직업적 이유이긴 하지만 누군가 같이 내 몸 상태를 염려한다는 점도 배려받는 기분이 든다. 마사지룸으로 들어가서 탈의 후 마사지용 속옷으로 갈아입고, 가운을 걸친다. 마사지 베드는 발리의 우기 탓에 다소 습했지만, 가끔씩 비가 내리는 빼곡하고 황금빛으로 물든 벼로 가득한 라이스 뷰는 어딘가 몽환적이기도 하다. 감수성을 자극하는 장소에서 시선을 멀리 두고 토속적인 음악에 귀도 기울여본다. 종을 울려 내가 준비되었다는 신호를 보내면 마사지 테라피스트가 먼저 몸의 균형을 맞춰 나를 바르게 눕힌다. 발끝부터 정성스럽게 몸을 다스려나간다. 많이 걸은 날에는 잔뜩 긴장한 종아리가 약간의 압박에도 움찔거릴 만큼 아프다. 다리에서 머리로, 등에서 시작해 몸 앞으로 이어지는 마사지는 완벽한 이완과 때때로 약간의 근육통을 선사하기도 한다.

웰니스는 복합적인 경험이다. 마사지처럼 직접적으로 몸을 치유받을 때 내가 더 이완할 수 있는 이유는 그곳이 일상과 분리된 장소여서다. 그런 이유로 웰니스는 여행지에서 제대로 느끼게 되나 살면서 그런 날은 불과 며칠뿐이고, 나는 1년의 대부분을 뿌리내린 곳에서 살아야 한다. 만약 나의 일상에서 심신을 관리하는 최상의 복지 생활을 설계한다면 과연 얼마가 필요할지 (우리 동네 물가 기준으로) 계산해본 날이 있다. 중년에 들어선 후, 눈에 바로 보이는 노화 현상은 둘째고 사람답게 살아갈 컨디션이 절실해졌기에 희망하는 관리 서비스가 넘쳐났다.

- 요가원 1년 120만 원 : 유연성, 심신 단련
- 필라테스 1개월 50만 원(개인 레슨) : 바른 자세
- 피부 클리닉 얼굴 관리 10회 100만 원: 각질 및 수분 관리, 화이트닝
- 1인 세신숍 1개월에 1회 11만 원 : 몸 전체 각질 및 수분 관리
- 프랜차이즈 마사지숍 체형 관리 프로그램 10회 100만 원 : 몸의 정렬 맞추기, 뭉친 근육 풀기
- 미용실 회원권 1년 50만 원 : 두피와 모발 클리닉으로 찰

랑찰랑한 머릿결 관리

- 종합건강검진 1회 100만 원 : 건강 이상 조기 발견
- 치과 스케일링 1년 2회 10만 원 : 필수적인 정기 검진
- 명상 클래스 참석 1회 5~10만 원 : 마인드 컨트롤. 나는 점점 더 나아지고 있다, 불안하지 않다….
- 마지막으로 스트레스를 부르는 '돈벌이' 그만두기. 비용은 $-\infty$(마이너스 무한대)

나의 웰니스에 대한 모든 욕망을 충족하려면 최소 앞서 언급한 만큼 돈이 필요하다. 보습제나 선크림 같은 기본 화장품이나 건강한 식자재 구매 같은 일상적 비용을 제외한 순수 서비스 비용만 계산했을 때다. 여기에 1년에 두 번 정도는 웰니스 리조트로 여행을 떠나는 것도 포함하고 싶다. 상상만 해도 행복하다. 컨디션은 대부분 좋을 테고 피부에선 광이 나고, 마음에는 여유가 가득할 테고, 삶은 빛나겠지. 하지만 살아오면서 꼭 필요할 때 한두 가지의 서비스만 구매해봤을 뿐 이렇게 풀 패키지로 돈을 써본 일은 단 한 번도 없다. 일단 비용이 부담스럽고, 돈벌이에 대부분의 시간을 쓰는지라 애써 결제해둔 서비스마저 이용하지 못할 때도 있다. 특히 기간만 지나면 만료되는 운동 회원권이 그렇다. 건강한 삶을 꿈꾸는

이는 보통 건강하지 못한 이들이다. 가장 절박한 부분에 가진 대부분을 쏟아붓기 마련이고 과도한 건강관리에 신경을 끄고 살고 싶어도 몸이 불편하니 잘되지 않는다. 미국의 억만장자 브라이언 존슨(45세)은 연간 25억을 들여 18세 수준의 체력, 28세 수준의 피부 나이를 유지한다고 해서 유명세를 치렀다. 30명 이상의 의사를 고용해 도움을 받는 그는 잠들기 두 시간 전부터 블루 라이트 차단 안경을 쓰고 엄격한 식이요법을 지키고, 달마다 초음파, MRI를 촬영하는 등 몸의 변화를 주시한다. 그의 회춘 프로젝트는 일에 매몰되었던 당시 겪었던 과체중과 우울증에서 벗어나기 위함이다. 영원히 젊기를 바라는 마음은 누구에게나 있다. 25억이란 청구서가 소득이 적은 사람에게는 넘볼 수 없는 수준이라서 하지 못할 뿐.

나에게 일상을 신체적, 정신적, 사회적 균형에 맞춰 건강하게 가꿀 수 있는 방향이란 결국 서울에서의 매일이다. 그렇기에 웰니스 프로젝트는 지속 가능하며 친근한 생활권을 고려해 설계한다. 집만큼 오래 머무는 사무실, 성실한 요가원 출석, 고요한 집에서의 아침과 저녁 명상, 즐겨 가는 찜질방, 채소 중심의 집밥, 햇볕이 날 때 광합성하러 창가로 가거나 산책하기, 걷기 좋은 길 꾸준히 다니기. 많은 돈을 들이지 않아도 좋은 기분을 유지하며 사는 법은 분명히 있다. 바로 슬세권(슬리퍼를 신고 다닐 수 있는 거리)에서 자신만의 웰니스 장소를 표기한 지도를 만들고 내 몸에 맞는 건강 루틴을 가지고 살아가는 방식 그 자체다.

2

숲

치유의 공간

맑은 공기, 나뭇잎 사이로 쏟아져 내려오는 빛, 바람이 흔들고 가는 나뭇가지 소리, 작고 귀여운 산속 동물들⋯ 나는 숲에서 비로소 안식처를 찾은 듯 편안함을 느끼지만, 주말의 두세 시간 정도만 자연의 기운을 흠뻑 받을 뿐 보통 인공적인 도시의 실내 공간에서 산다.

처음 집을 꾸밀 때 깨끗한 공간에 따스한 목재 가구 몇 가지로 단출하게 채우면 충분했다. 그러다 코로나19 시대가 찾아왔고 집을 더 쾌적하게 만들고 싶었다. 더군다나 불면증이 하루가 갈수록 심해졌고, 이를 해결하려 여러 방법을 찾다 보니 좋은 컨디션이란 보이지 않는 공기, 온도, 습도, 냄새, 소음을 관리할 때 찾아옴을 알았다. 여러 전문적인 도구와 식물로 세심하게 환경을 정비한 후로 집은 숲에 온 기분에 가까워진다.

식물 오식이 이야기

우리 집에는 오식이가 산다. 첫째 아레카야자 일식이는 8년째 터줏대감이다. 맏형 노릇을 잘해서 가장 덩치도 좋고, 이파리도 무성하다. 둘째 이식이는 블루스타 고사리인데 물을 정말 좋아한다. 물을 어찌나 잘 먹는지 여름만 되면 키는 작아도 이파리 수로 맏형을 이겨 먹으려고 한다. 셋째 삼식이는 조금은 소심한 아이다. 워낙 작은 비커에 담겨 수경재배로 크다 보니 넝쿨식물 아이비지만 조금씩밖에 크지 못한다. 그래도 새잎이 돋아날 때마다 그렇게 깜찍할 수 없다. 원래는 삼식이에서 더는 식물을 늘릴 생각이 없었다. 생명을 들일수록 돌봄 노동은 늘어나고 나는 이러저러한 일이 식물보다 늘 우선이었기에 식물은 최대 세 개까지가 나의 최선이라고 생각했다. 그러다 생각지도 못하게 사식이가 생겼다. 사식이는 성수동에 있는 틸테이블의 제로 웨이스트 행사에서 선물 받은 재생 플라스틱 소재 화분에 심은 오르비폴리아라는 식물이다. 잎을 붓으로 정교하게 그린 듯 스트라이프 무늬를 가진 관엽식물이 담긴 화분, 때는 5월이었으니 나는 '식물을 더 이상 늘리면 안 돼'라는 다짐 따위는 애초에 잊어버린 채 봄볕 가득 받은 사식이를 기쁜 마음으로 집에 데려왔다. 사식이는 다른 식물 식구보다 훨씬 세련된 느낌이었다. 삼식이까지는 조금 수더분한 매력이 있었다면 패셔너블한 검은색 화분에 담긴 사식이는 혼자 돋보였다. 전문가의 손길에 예쁘게 다듬어져 있어서 더 그랬다. 사식이는 '차도식'(차가운 도시의 식물)에 가까워 콧대가 높아 보였고 화기 자체가 기존의 식물 식구들과 잘 어우러지지 않았으므로 침실에 홀로 두었다. 그러다 차도식도 외로울 때가 있으니까 소심한 삼식이를 옆에 두니 둘이 잘 지내는 것도 같다.

마지막 다섯째 오식이는 오선이다. 경기도 남양주 한 가정집에서 잘 자라고 있던 오식이는 수많은 형제와 이별하고 나에게 왔다. 어찌나 씩씩한지 혼자서도 물속에서 쑥쑥 크며 향수병이라고는 모르는 모양새다. 그 물컵이 답답해 보일 지경으로 아이비와는 또 다른 생장력이었다. 다가오는 봄에 화분으로 이사시켜야지 하다가도 나는 이렇게 활발한 오식이가 조금은 더 큰물에서 놀았으면 했다. 어쩌면 매일 물을 갈

아주는 게 귀찮아서 혹은 곧잘 물 갈아주는 것을 깜빡해서 오식이에게 미안한 마음이 있기도 했다. 그래서 마당이 있는 가족 집에 입양을 슬쩍 알아봤는데 내게 돌아온 것은 모진 소리뿐이다.

"한번 키웠으면 계속 정성껏 키우세요. 그들이 귀댁에 청정한 산소를 공급하고 습도를 유지해주는 아주 귀한 애덜(?)입니다."

마음에 콕 박히는 쓴소리가 다시금 오식이들을 잘 키워야겠다는 다짐으로 옮겨간다. 우리 집에 작은 숲을 만드는 소중한 식물들. 창을 열고 바람에 흔들리는 파릇파릇한 식물을 멍하니 바라보는 평온함. 그 한순간을 위해 끊임없는 노고가 뒤따른다. 식물에 물을 주기 위해 보통 1주 정도의 간격으로 욕실로 무거운 화분을 옮겨 샤워기로 충분히 한 번, 화분에 물이 빠지고 나면 또 두 번, 마지막 세 번까지 반복해 물을 흠뻑 준다. 햇볕에 잎이 타는 식물은 반그늘에서 키우고 가끔씩 영양제도 챙겨야 한다. 노랗게 타들어 가거나 시든 잎을 잘라주는 미용까지 내 몫이다. 때때로 분갈이까지 맡겨야 하는 이 모든 과정을 식물과 살아가는 전체로 봐야 식물을 다른 집으로 보낼 궁리 따위는 하지 않는다. 모든 반려 생명들이 그러하듯.

식물은 지금 내가 사는 이곳이 살 만한 환경인지 보여주는 바로미터다. 적당한 햇볕, 통풍, 온습도까지. 식물이 잘 자라는 집에서는 사람도 잘 자란다. 정확히 말하자면 좋은 컨디션을 유지한다. 물을 주는 순간이 청량하고, 잎을 손질하는 시간이 재미날 때도 있지만 대부분 무념무상의 단순 노동일 때가 더 많다. 차를 마실 때 보이는 나의 초미니 정원, 보이지 않는 습도 조절과 공기 정화, 집이 삭막하지 않도록 함께 살아 숨 쉬는 초록 잎 등. 그러니까 수고스럽더라도 나는 삶의 아주 작은 부분을 식집사로서 살아가야만 한다. 내가 돌봐주는 찰나의 시간보다 묵묵히 자리를 지키며 씩씩하게 살아가는 오식이들이 내게 주는 것이 훨씬 더 많으므로.

행복은 당신만의 여름 별장과
감자밭을 갖는 것

너른 창밖으로 숲이 보인다. 아담한 집, 나는 해가 잘 드는 한 편에 앉아 어떤 고민도 없는 무료함을 느끼고 있다. 응시하는 시선 너머에는《중국 미학사》책이 1000페이지 두께의 위용을 자랑한다. 어려운 책이 도전 의식을 불러일으킨다. 가만히 있는 것도 슬슬 지겨워져서 자사호에 뜨거운 물을 부어 차를 우린다. 파자마 위로 대충 여민 얇은 가운, 편하게 흘러내리는 머리카락. 단정치 못한 차림이지만 차만큼은 물 온도, 찻잎의 양, 시간을 섬세하게 고려해 제대로 마신다. 오늘이 월요일인지 일요일인지 알지 못한다. 몇 시쯤인지도 모른다. 핸드폰을 들여다보지 않은 지 오래, 매일 산책을 가고 낮잠을 잔다… 망상, 또 망상.

이는 단지 내 마음에 그려보는 아직 실현되지 않은 이상적인 삶이다. 무언가 이루고 싶다면 마음에서 구체적인 이미지를 끊임없이 그려야 한다. 상상 치유법은 지금 삶에 활력을 불어넣고 힘든 시기 역시 버티게 하는 마법이다. 다만 풍성한 상상, 마치 영화의 한 장면처럼 구체화된 신(Scene)을 머릿속에서 만들려면 여러 재료가 필요하다. 많이 읽고, 관찰하고 경험하며 상상의 재료를 채운 다음 자연스럽게 마음에 남는 요소를 골라 맞춤화하는 것. 현실에서는 내가 그리는 미래를 위해 지금부터 준비할 일을 목록으로 짜고 실천하는 오늘의 즐거움을 사랑한다.

서점에서 《초상들: 존 버거의 예술가론》이란 책을 들춰보다 미술비평가, 소설가, 다큐멘터리 작가인 존 버거의 생에 대해 함축적인 설명을 읽게 되었다. 중년 이후 프랑스 동부의 알프스 산록에 위치한 시골 농촌 마을에 살면서 생을 마감할 때까지 농사일과 글쓰기를 함께했다는 그의 라이프스타일이 나에게 상상력을 불어넣는다. 나도 그와 유사한 삶을 살고 싶다. 가슴속에서 따뜻함이 몽글몽글 솟아났지만 앞으로도 도시가 좋을 나는 자연에 적극 뛰어들기보다 가끔씩 압도적인 자연의 기운을 받으러 숲을 찾을 거란 걸 알았다.

경기도 외곽, 시골과 도시적 요소가 골고루 섞인 모호한 이곳은 이름이 있어도 그다지 기억나지 않는 평범한 마을이

다. 그 뒷산으로 산행에 나선다. 어제는 장맛비가 흠뻑 내렸고 길은 죄다 질척거리는 흙과 풀이 무성하다. "진드기 붙어, 풀로 가지 마." 일행의 경고를 들으며 비포장길을 성큼성큼 걷는다. 이 길을 오가는 사람은 거의 없다. 잘 다듬어진 등산로 같은 분위기는 전혀 없는 험지여도 평범한 녹음이 안기는 소박함은 있다. 상의는 요가할 때 입는 얇은 반팔 티셔츠, 여기에 받쳐 입은 하의는 조거 팬츠로 등산용은 아니다. 울긋불긋하고 수없이 많은 주머니와 라인이 들어간 등산복이 싫어서 검은색 운동복을 한 벌로 맞춰 입었다. 일행이 "암살자 패션"이라고 놀려댄다. 나에게 달려드는 날벌레 한 마리도 죽이지 않는 나에게 붙은 별명치고는 좀 살벌하다. 전문 운동복이 필요 없는 쉬운 산행이어도 양말과 신발만큼은 등산 전용으로 신는다. 제대로 된 장비가 걷고 오르고 내리고 할 때 돌

멩이가 주는 충격으로부터 무릎을 보호한다.

산에 오르다 보면 계절마다 초록 잎의 채도가 달리 보이는 점이 늘 신기했다. 한여름 산은 물기 머금은 연한 수채화다. 멀리서 보면 낭만적이지만 그 속에 있으면 이내 더위에 숨이 막히고 땀이 흘러내릴지라도, 공기 중에 흩뿌려진 물방울이 뺨을 스치는 듯해서 숲에서 수영하는 기분이 들지라도 그렇다. 세차게 내려가는 계곡물이 그나마 숨통을 틔워주긴 하지만 이쯤 되면 휴식을 취하러 온 것인지 극기 훈련 중인지 나의 여름 산행 목적 자체에 의문이 들기도 한다.

한 시간가량 산을 오르고 나니 쉼터가 보인다. 드디어 보상의 시간이다. 깨끗이 씻어 간 체리를 일행과 나눠 먹으며 빠져나간 기력을 보충하고 보온병에 담아 온 뜨거운 물로 보이차 티백을 우려서 또 나눠 마신다. 이열치열이라 했던가. 얼음물보다 이 더운 차가 오히려 몸 밖의 온도와 체온의 균형을 깨지 않아 탈이 안 난다. 손에 쥔 잔의 뜨거움을 만지작거린다. 날도 뜨겁다.

나는 초여름을 가장 사랑한다. 내가 태어난 계절이어서인지 그때의 약간 더운 듯 나른해지는 날씨가 마음에 든다.

그래서일까. 내게 행복이 연상되는 계절은 여름이다. '행복은 당신만의 여름 별장과 감자밭을 갖는 것'이란 핀란드 속담이 있다. 소박하면서도 어쩐지 부유한 이 문장에서 언젠가 내가 가질 행복의 여름 별장에서 보낼 매일을 상상한다. 아직 실재하진 않지만 고된 업무를 마친 어느 날이 지나고 한가롭게 여름 산을 오를 때 그와 가까워진 듯도 싶다. 미래에 가질 행복은 지금부터 예습한다.

습도는
삶의 질의 척도

옷장에는 비 오는 날을 대비해 레인코트가 걸려 있다. 바로 꺼내 신으면 되는 레인부츠도 신발장에 가지런히 놓여 있고. 운동하러 갈 때 쓰는 물기가 금방 마르는 가방, 그 안에 챙긴 젖은 옷소매를 닦아낼 도톰한 손수건도 비 오는 날을 위한 필수품이다. 자외선 차단 기능이 있는 가벼운 우양산 또는 폭우에도 튼튼한 우산 2종만 구비하면 강우량에 따라 골라 들면 되니 편하다. 적절한 옷차림을 마련한 후론 우천 소식이 마냥 싫지 않았다. 우산 아래에서 나는 안온했다. 비옷에 물이 튀는 건 당연하고, 사선으로 멘 검은색 백 덕분에 두 손이 자유로워 우산 들기에 알맞다. 확실히 나쁜 옷차림만 있을 뿐이지 나쁜 날씨는 없다. 대신 나쁜 습도는 분명 있다. 비 내리는 날이 싫었던 근원적 이유, 습도가 불쾌지수의 재료였기 때문이다.

여름비가 매섭게 내리던 날 집 안 습도계를 보니 80%가 훌쩍 넘을 지경이었다. 두어 달간 해도 해도 너무한 장맛비가 계속 내리고 있으니 놀랄 일도 아니다. 강남에서는 홍수가 나서 피해가 상당했고, 매일매일이 비로 가득했던 여름날, 나는 습도에 처음 눈을 떴다. 그동안 참는 생활을 해왔다. 더울 때는 땀이 나는 게 당연하고, 추울 때는 춥게 지내는 편이 건강에 좋다고 믿었다. 그냥 자주 샤워를 하거나 옷을 더 껴입는 그런 버팀이었다. 잘 만들어진 도구로 불편함을 해소할 생각은 없었다. 무엇이든 익숙해지는 것은 꽤 무섭다. 그 상태를 당연하게 알고 벗어날 생각을 안 하니까. 관성에서 벗어나는 길은 단기간에 쏟아지는 고강도의 불편함에서 왔다. 여름날의 당연했던 습도가 더 이상 참을 수 없는 지경에 이르렀다. 연이은 비에 빨래가 마르지 않아 덜 마른 꿉꿉한 옷을 걸칠 때 기분이 가라앉았고 해결책을 찾기 시작했다. 의류 건조기도 없는데 집 앞 코인 빨래방이라도 가야 하나 혹은 당장 건조기를 사야 하나. 주변 사람에게 작은 집에 둘 곳도 없는 의류 건조기에 대해 말을 꺼내자 "제습기로 말려도 금방 말라"라는 조언이 돌아왔다. 나에게 제습기는 처음에 의류 건조용이었다. 의류 건조기는 소재에 따라 사용하지 못할 경우가 생기나 제습기는 모든 의류가 가능하다는 점에서 둘 중 하나만 고르라면 제습기가 더 괜찮아 보였다.

"주거 환경에 습도가 얼마나 중요한지 알아? 삶의 질이 확 달라져"라고 친오빠는 제습기를 살까 말까 망설이는 내게 제습기를 적극 영업했다. 자신은 방 곳곳에 온습도계를 두고 관리한다고 하니 내가 습도에 많이 무심하게 살았구나 싶어진다. 좀 참지 말고 쾌적하게 살라는 말에 혹 불필요한 걸 들이는 게 아닐까 끝까지 고민했던 마음은 사라졌다. 제습기가 계절가전의 필수로 등장한 후 10년이 훌쩍 지나서야 우리 집에도 놓인다. 사계절이 극단적인 땅의 습한 여름이 집에 새로운 물건 들이기를 합리화한다.

오랜 장마로 인기 가전이 된 제습기 배송은 거의 한 달이 걸렸다. 반쯤 속는 기분으로 제습기를 처음 가동하자 내가 알지 못했던 세상이 열렸다. 여름날 쾌적 습도 40~50%의 기적으로 바닥은 보송보송해지고, 공기까지 기분 좋게 바삭 말랐다. 물통에 물이 가득 차면 눈이 동그랗게 커졌다. 보이지 않은 물이 이렇게 많았다는 말이지, 뿌듯해하며 물통을 비워낸다. 지금까지 습도는 나에게 오직 옷 관리의 영역이었다. 옷에 좀이 슬까 봐 제습제나 숯을 두거나 하는 소극적인 방법을 써봤지만, 성능 좋은 가전 하나가 즉각적인 효과를 눈으로 보여준다. 샤워 후 욕실도 제습하고 옷장 서랍과 신발장을 열고 제습기를 돌릴 때마다 이 좋은 걸 왜 이제 샀지, 하며 21세기적 생활에 눈을 반짝인다. 잠자리에 들기 전 미리 침실에 제습기를 켜두고 보송보송한 침구에 몸을 누이는 한여름밤이 쾌적하다.

습도가 삶의 질의 척도라는 인식은 주거 환경에 대한 시선을 바꾸게 한 첫 번째 자각이다. 나는 그 뒤로 보이지 않는 것을 신경 쓰는 환경을 만들게 된다. 단 한 번도 의식하지 않았고, 관심 없었던 영역. 알게 모르게 내 컨디션을 좀먹어 갔던 것들에 대해서. 일단 실내 쾌적 습도(15℃: 70%, 18~20℃: 60%, 21~23℃: 50%, 24℃ 이상: 40%)는 온도에 따라 달라진다고 한다. 추울수록 습도는 높게, 더울수록 습도는 낮게. 쾌적함이란 더 이상 참을성으로 달성할 수 없다. 그건 과학의 영역이다.

바이오필리아

나뭇잎은 모두 사라지고 앙상한 가지만 남았다. 을씨년스러운 나뭇가지 사이로 사시사철 푸른 소나무, 전나무만이 그 형체를 유지한다. 길 곳곳에 듬성듬성 눈이 쌓여 있고, 채 녹지 않은 눈길을 성큼성큼 걸으면 커다란 발자국이 나를 뒤따라온다. 코는 이미 빨개진 상태고 볼도 얼어 있다. 숨을 들이마시면 폐부에 깨끗한 공기가 가득 채워진다. 겨울 산을 오를 결심은 꽤나 큰 각오가 필요하지만 한 번이라도 겨울 산에서 호흡하고 나면 그 청신한 매력에 오랫동안 헤어나지 못한다.

푸릇푸릇한 녹음에만 자연 치유 효과가 있지 않다. 이토록 춥고 불편한 겨울 산에서 오히려 더 큰 자연에 대한 경애를 느낀다. 특히 설경에 압도당하는 기분이 든다. 목적지에 올라 자연이 만들어낸 음울한 바람 소리를 배경으로 인간이 만들어낸 깊은 고독의 음률 〈욥 베빙: 솔립시즘〉(Joep Beving :

Solipsism) 앨범을 들으며 휴대용 다구에 따뜻한 차를 우려 마신다. 몸을 데우며 자연의 힘을 보여주는 거대한 산등성이를 볼 때면 나는 한없이 작아진다. 한낱 미물에 불과한 나의 크기가 어쩐지 다행이다. 인간의 집념이 빚어낸 거대한 건축물을 바라볼 때도 느끼는 바다. 자연 속 자그마한 나의 크기가 어쩐지 다행이다. 사회에서 나는 어느 위치에 있나, 은연중의 순위 매기기에 피로감을 느끼던 나는 이곳에서 아무것도 아닌 그저 작고 연약한 존재일 뿐이다. 에드워드 윌슨은 곤충학자이자 생물학자로 바이오필리아(Biophilia)라는 개념을 제시했다. 인류가 자연 속에 살며 진화해왔기 때문에 본능적으로 자연과 이어지길 바란다는 견해인데 멋진 자연 경관에 감탄하고, 식물이 많은 공간에서 안정감을 느끼는 이유라고 한다.

겨울 산행만큼은 대충 주워 입었던 운동복 대신 전문적인 등산 복장을 갖춘다. 장갑도 반드시 껴야 한다. 손이 시려서도 있지만 길을 걸을 때 물체를 붙잡아야 할 순간들이 있다. 아직 눈이 녹지 않은 응달로 접어들 때는 길을 따라 설치된 로프를 손에 쥔 채 미끄러지지 않도록 해야 하고, 가끔 바위를 짚기도 해야 하니까. 등산용 장갑은 손에 잘 맞아 움직임이 좋은 것, 손바닥 부분에 미끄럽지 않게 처리된 것으로

고른다. 등산 초보였을 때 겨울 산을 가면서 일상적으로 입는 두꺼운 패딩 점퍼를 입고 오른 적이 있다. 일단 몸을 계속 움직이니 더웠으나 벗으면 너무 추웠고, 눈이나 비라도 갑자기 내리면 방수력 약한 원단에 스민 수분을 충전재가 머금어 몸을 천근만근으로 만들기도 한다. 겨울 산은 경이로운 만큼 만만한 곳이 아니다. 가볍고 얇지만 보온력 좋은 패딩, 훌륭한 방수 효과가 있는 바람막이를 패딩 점퍼 겉에 겹쳐 입는다. 울 비니를 쓰고 얇은 면양말에 등산 양말을 한 겹 더 신고 발가락을 꼼지락거리며 잘 걸을 수 있을지 시험도 해본다. 등산화는 사계절 같은 것을 신어서 정비할 것은 없다. 나름 철저

한 준비를 하지만, 암벽을 타는 것도 에베레스트 산에 오르는 것도 아닌 그저 동네 산을 오르기 위함이다. 그런데 그 이름도 정겨운 '동네'에 있는 산이 하필 커다란 암벽과 험한 산세로 유명한 북한산일 뿐.

평소 책상 앞에 붙어 사는지라 마음먹고 몸을 움직이지 않으면 체력 단련할 기회가 없다. 도시에서 살면 건축가들 혹은 공간 기획자가 고심 끝에 설계한 동선에 따라 산다. 그들은 보통 효율을 중시하다 보니 몸을 최대한 움직일 필요 없는 편리한 공간을 만든다. 눈에 띄는 곳에 엘리베이터가 있고, 에스컬레이터가 있다. 계단은 애초에 비상용으로 꼭꼭 숨겨져 있지 주인공은 아니다. 그러나 지하철 생활자인 나는 매일 평균 12층을 오르고 내린다. 일주일이면 100층에 가깝고, 한 달이면 300층 이상이다. 심혈관계 질환을 예방하는 데 계단 오르기가 도움이 된다고 하는데, 확실히 계단을 빠르게 오르다 보면 심장박동이 빨라지고 숨이 가쁘다. 산책 같은 등산에서는 얻지 못할 운동 효과다. 하체 힘을 기르고, 체력 증진을 위해서라면 도시의 계단에서도 충분하다. 그럼에도 궂은 날씨, 이토록 추운 겨울에 기어코 산에 오르는 까닭은 확실한 기분전환 때문이다. 사계절 모두 자연은 내게 다른 말을 건다. 겨울은 앙상한 가지가 대다수일지언정 숲은 자기 회복적 공간. 콘크리트 안에서는 알지 못하는 작은 환희가 그곳에 있다.

겨울 산의 공기에는 크리스마스, 연말, 새해의 분위기가 흘러넘친다. 어떤 기념일 장식이 있어서가 아니라 코 시린 공기가 주는 감상이다. 끝이자 동시에 시작인 시간, 사람들이 1월 1일에 산을 오르는 이유는 이런 마음 때문이었을까. 내게는 새해에 일출을 보러 산을 오르는 리추얼은 없지만(새벽 산이라니, 상상만 해도 너무 춥다), 새로운 각오를 다지고 싶을 때 언제든 겨울 산에 간다. 오직 겨울에만 맡을 수 있는 토양과 눈과 바람이 조향한 이 계절의 고유하고 순수한 향이 소리 없이 몸 안에 스민다.

양질의 수면을 찾는
모험

침실 창밖으로 비가 섞인 눈이 내린다. 해는 빨리 지고, 한없이 어두운 겨울은 차광률 높은 암막 커튼이 더욱 완벽하게 바깥세상과 나를 단절시킨다. 진한 회색의 암막 커튼 덕분에 한기도 잘 스미지 않는다. 커튼 하나로 1도 정도는 더 보온하는 효과. 아주 넉넉한 면 파자마를 입고 침대에 누워 책을 펼친다. 따뜻한 온수 매트를 데워 등은 따습게, 도톰한 이불과 얇은 이불 두 개를 겹쳐 덮어서 약간 더우면 이불 하나를 걷어내는 융통성도 부린다. 그러나 실내 온도가 18도 정도인 점, 추위를 심하게 타는 체질 탓에 이불을 걷어찰 일은 없다. 차도식(넷째 식물) 옆에는 항아리같이 생긴 가습기가 조용히 자기 일을 한다. 결과적으론 최적의 수면 환경이다. 불면증으로 고생한 뒤로 나는 최선을 다해 수면의 질을 개선하려고 노력해왔고, 드디어 그 결실을 맺었다.

눈치채지 못하도록 조금씩 노화하고 있는 내 몸은 수시로 잠을 잊어간다. 얕게 자는 날이 대다수였고, 두세 시간 정도 뒤척이며 깨어 있는 새벽도 있었다. 어쩌면 예전에도 그랬는데 딱히 예민하게 느끼지 못했던 걸까. 수면 노트를 최근에야 쓰고 있으니 과거 나의 상태는 모르겠다. 불면증은 조용히 심신을 좀먹으며 하루를 피폐하게 만들기를 여러 번, 멜라토닌 분비가 줄어드는 노화의 한 증상이라는 소리는 마음까지 울적하게 한다. 머리로는 나이 드는 자연스러운 과정이라고 납득하고 있지만, 나는 잘 자고 싶다. 잠을 통 못 자 머리는 멍한데 몸만 움직이는 좀비 상태이고 싶지 않다. 꿀잠을 원한다.

저녁에 따뜻한 물로 샤워하기, 잠들기 최소 세 시간 전에 식사를 마치기, 어떤 차든 마시지 않기, 잠들기 직전에는 물 마시지 않기, 가벼운 스트레칭하기. 이 모든 조언을 실천했음에도 못 잤다. 민간요법에 기대다가 과학에 희망을 걸어본다. 온습도 조절, 공기 정화 가전을 하나씩 침실에 모으고 스마트워치를 차고 아침에 일어나자마자 체크하는 것은 지난밤의 수면 사이클과 체온이다. 그러나 이 모든 노력에도 수면의 질이 크게 개선되진 않았다. 잠 때문에 스트레스 받지 말고 불면을 일종의 지병으로 받아들여야겠다고 반쯤 포기한 상태였는데, 의외의 해결책이 등장했다. 한파를 막아보겠다고 커튼 한 장 바꿔보았던 우연. 암막 커튼으로 바꾸고 컴컴한 암흑 속에서 오랜만에 꿈도 꾸지 않고 푹 잔, 자고 일어났을 때 개운함이란! 알람 없이 눈 뜨는 모든 기분 좋음의 3단 콤보를 느끼던 날, 나는 약간 웃음이 나왔다. 그렇게 찾아 헤매던 나의 수면 정답이 암막 커튼 한 장에 있었다니. 가끔 큰 고민이라 여겼던 문제가 아주 작은 것에서 해결될 때가 있다.

암막 커튼은 일주기에 따라 잠들고 깨어나는 몸의 자연스러운 리듬을 방해한다고 믿었기에 오랫동안 침실 창은 얇은 커튼 하나가 전부였다. 북유럽 인테리어를 살펴보면 커다란 창에 얇은 흰색 천이 하늘거린다. 볕이 나는 날이 드문 까닭에 두꺼운 커튼을 치지 않는다고 하는데, 좋은 잠을 위한 침실에는 그런 가벼움이 맞지 않았다. 밤새 잠들지 않는 도시의 빛이 내겐 숙면 방해꾼이었으니까. 침구부터 가전까지 이 모든 것의 조화로움도 큰 비중을 차지하겠지만, 결과적으로 이젠 암흑 같은 공간에서 나는 영면에 가까운 잠을 잔다. 그건 조금 기이한 경험이기도 하다.

밤 10시. 수면 목표를 10시에서 5시로 설정한 핸드폰이 잘 준비를 하라는 알람을 10시가 되기 50분 전에 보낸다. 그 때부터 조용히 침대에 누워 책을 펼친다. 조금씩 졸리는 무렵 눈에 자극적이지 않은 LED 스탠드의 불을 끄고, 어둠에 잠 긴 방에 누워 간간이 들려오는 자그마한 소음을 자장가 삼아 잠에 빠진다. 머릿속에 잡념이 생기면 흘려보내며 호흡에 집 중. 어느새 나는 세상에서 가장 편안한 휴식을 취한다. 바로 '잠'이라는 하루 중 가장 중요한 회복의 시간이다.

촉촉한 온천 생활

제주도는 까맣다. 서울과 분명 다른 색깔을 가지고 있다. 먹
바탕에 색을 덧입힌 듯한 고유함이다. 남쪽에 있는 섬인 만큼
11월 한낮에도 그렇게 쌀쌀하지는 않지만 새벽 공기는 차갑
다. 1박 2일 짧게 떠난 제주 여행에서 새벽 목욕에 나서기로
한다. 동행이 적극 추천한 '제주 산방산 탄산온천'이 목적지
다. 새 물로 바꾸는 시간에 목욕하기 위한 새벽 5시 즈음, 빈
속에 탕욕으로 행여 어지럼증이라도 들까 봐 쑥차와 맛밤으
로 간단히 속을 다스린 다음이다. 동이 트기도 전의 어두운
도로를 달리니 가로등도 드물고 유독 새까만 길이 무섭기까
지 하다. 길을 잘못 들까 두 눈을 부릅뜨고 내비게이션을 지
켜보고 있긴 하지만 제대로 도착할지는 미지수. 그러다 여행
자를 끌어당기는 어둑한 곳에 홀로 불을 켜고 있는 온천을 발
견했다. 스릴러의 한 장면처럼 긴장감 넘칠 법도 하건만 웬걸
주차 후 입구로 들어가니 그냥 동네 목욕탕 같은 푸근함이 반

기고 단골로 보이는 현지인 아주머니들이 곳곳에서 목욕 준비를 하고 있다.

서귀포시에 자리 잡은 이곳은 산방산이 바로 앞에 보이고 유리 탄산, 중탄산이온 나트륨 성분이 많은 온천수가 난다고 한다. 물이 가진 각종 효능 효과를 말하지만, 한 번의 목욕재계로 몸이 반응할 리 없으니 단순히 따뜻한 물에 몸을 풀고 기분이나 내는 목욕 시간이다. 탄산온천의 원천수는 초록빛이 도는데 다소 차가운 편이고, 물이 피부에 닿으면 탄산 탓인지 약간 따끔따끔하다. 이 밖에 온탕, 열탕이 한 공간에 있다. 원천수에서 몸을 5~8분 담그고, 온탕 또는 열탕에서 10분 정도 몸을 담그는 목욕법을 추천하길래 그렇게 여러 번 입욕했다. 목욕법을 과하게 따른 탓인지 내 피부에 옅은 붉은 반점이 생겼는데 물의 성분이 안 맞았거나 뜨거운 곳에 오래 있었거나 둘 중 하나. 혹시 알레르기가 아닌지 약간의 걱정이 지나자 매끈매끈한 피부가 느껴졌고, 아침부터 부지런히 움직이고 땀을 뺀 덕에 꽤 개운했다. 나는 목욕을 마치고 분위기에 휩쓸려 "선녀 두 명 떠납니다" 하고 어느새 동이 튼 아침 공기 속에 속삭였다. 그렇게 호텔로 돌아가 조식을 든든하게 챙겨 먹는 목욕 후 식사는 언제나 꿀맛, 아니 휴가의 맛이다.

탕치(湯治)라고 하여 예부터 약탕에 몸을 담가 병을 치료하곤 했다. 온천 문화가 발달한 일본, 프랑스 등에서는 특히 더 인기 있는 방법으로 지하 광물질의 성분에 따라 온천의 성질이 제각기 다르고 그에 따라 몸을 치유하는 효과도 다르다고 한다. 나는 질병 치유 목적으로 온천욕을 꾸준히 해본 적이 없기에 알 수 없지만, 확실히 수려한 자연 경관에 둘러싸인 채 온천수에 몸을 담그면 잠긴 몸의 아래는 뜨겁고, 상반신은 차가워 혈액순환이 잘된다. 일본 온천 여행을 가면 온천욕 후 료칸의 가이세키 요리를 먹는 코스로 이어진다. 목욕 후 식사는 피로회복에 매우 좋은 순서여서 일상에서도 먼저 씻고 식사를 한다. 책《어쩐지 더 피곤한 것 같더라니》에서도 목욕은 교감신경 모드로 피로가 풀리는 느낌이 들지만 실상 몸은 올라간 체온을 떨어뜨리기 위해 활발하게 혈류를 순환시키는 활동 모드이며, 식사는 소화를 위해 혈관이 확장된 부교감신경 모드이기 때문에 몸의 긴장이 풀어진다고 설명한다. 일단 먹고 나면 몸이 늘어져 씻기 귀찮을 때가 여러 번인데 이런 이유 때문이었을까. 목욕 후 식사를 하고 잠이 드는 패턴을 온천생활법이라 한다는데, 더 나은 컨디션을 위해 나 역시 씻고 식사를 하는 순서로 바꿨다. 동양에서는 상공치미병(上工治未病) 중공치이병(中工治已病)이라 하여 뛰어난 의사는 병이 되기 전에 치료하고, 평범한 의사는 병이 난 몸을 치료한다고 말한다. 이렇듯 일상의 작은 부분을 지혜롭게 관리하면 스스로가 훌륭한 의사 노릇을 할지도 모르겠다.

탕 속에 오래 있거나 너무 뜨거운 물로 샤워를 해도 몸이 쪼글쪼글해지고 피부는 건조해지므로 특히 겨울이면 따뜻한 물에 오래 머물지 않고 빠르게 샤워를 마친다. 보디로션을 듬뿍 바르고 면 소재 배스 로브를 걸쳐 몸이 이완할 수 있는 시간을 주는 것도 편안한 시간을 보내는 팁. 폴리에스테르 같은 합성섬유는 수분을 잡아두지 않기에 건조할 경우 정전기로 피부를 자극하니 피한다. 집에서 입는 라운지웨어만큼은 순면이나 모달 소재가 좋다.

미모의 여배우는 겨울에 피부가 건조해진다는 이유로 자동차를 타면 히터를 틀지 않는다고 했다던가. 날이 추워서 집을 데우면 데울수록 확실히 공기는 건조해진다. 이때 가습기의 활약으로 촉촉한 공기 속 훈김이 감도는 방, 샤워 후 따뜻한 물을 마시며 느긋한 저녁 시간을 보내는 호사는 하루의 피로를 씻어내는 작지만 확실한 방법이다.

무향, 무취의 공간

"요가를 하면 모를 수 없는데."

종종 찾는 마르쉐 농부시장에 갔다가 묶여 있는 허브 다발을 처음 보았다. 판매자에게 이건 뭐냐고 물으니 삽화와 함께 사용법이 적힌 수첩을 보여준다. 요가하는 사람은 다 아는 스머지 스틱이라 했다. 1초 전까지 이 세상의 요기 중 나만 모르고 다 알았는데 이제 나도 알게 되었다. 궁금한 건 못 참아서 바로 장바구니에 넣고 집으로 와 명상 전 경건한 마음으로 태워본다. 잘 말린 식물 잎이 타들어가며 시골 논두렁 태우는 냄새 비슷하게 난다. 그보다는 청량한 듯도 싶다. 매캐함이 점점 심해지자 황급히 불을 껐다. 태우기 전 신선한 풀 냄새가 더 좋았던 데다 열어놓은 창으로 들어온 바람에 재가 휘날려서 꽤 귀찮았다. 마음을 정화하는 이 과정이 오히려 번거로운 아이러니. 아메리카 원주민은 허브 다발을 태우는 스머징으로 환자를 치유하거나 공간을 정화시켰다고 한다. 고대부터 인류는 향을 피우면 나쁜 기운이 사라질 거라 믿어왔고, 하늘로 올라가는 연기에 마음을 담아 기도해왔다. 일종의 자기암시 치유. 처음이자 마지막인 스머징에 나는 귀찮아하면서도 꽤 광범위한 감상에 젖는다.

　오랫동안 몸으론 어렴풋 알았지만 대중적으로 알려진 위험성이 아니라 미처 의식하지 못했는데 나는 향 알레르기가 있다. 해가 바뀔수록 향을 견디기가 더 어려워진다. 인공 향에 오래 노출되면 머리가 어지럽고 메스꺼운 증세가 있는데, 특히 차량용 방향제처럼 밀폐된 곳에서 향을 맡으면 고문 그 자체다. 두통, 멀미가 나서 급하게 환기를 한다. 슈퍼에서 파는 저렴한 샴푸의 향을 맡아도 고통인데 그렇다고 값비싼 향수는 괜찮으냐, 아니다. 유행이 궁금했던 시절에 명성만으로 샤넬 No.5 향수를 샀다가 뿌리기만 하면 머리가 아파서 두통 유발 향수로 기억하고 있다. 마지막 향수는 이솝 테싯이었다. 허브향이어서 그나마 괜찮긴 했지만 이 또한 불편해서 이제는 향수 자체를 쓰지 않는다. 향은 사회적 매너라는 고정관념에 좋아하지도 않는 향수를 쓰곤 했다. 향수를 화장대에서 치우면서 그냥 잘 씻고 다니자, 불쾌한 냄새만 안 나면 된다며 합리화시켰다. 한국인은 땀 냄새가 잘 나지 않는 유전자로 체취가 덜하다는데 굳이 향수로 샤워할 필요도, 데오도란트를 쓸 이유도 없는 셈이다. 그럼에도 향은 아로마테라피의 영역으로 냄새가 덜(?) 나는 우리나라 사람들에게 사랑받고 있다. 화장품 회사에서 일하는 친구와 이야기를 하다 핸드크림의 가격에 대한 이야기가 나왔다. 작은 용량인데 비싼 화장품이란 이유에서였다. 친구 말에 의하면 핸드크림은 단순 보습제가 아닌 손에 크림을 바르고 마사지하는 찰나의 휴식, 아로마테라피의 영역이라고 했다. 그래서 향이 중요하다고. 그러나 나에겐 향이 테라피가 아니었기에 대개 무향의 핸드크림을 가지고 다닌다. 보디워시, 보습제, 립밤 등 되도록 모든 것을 무향으로 쓴다. 인공향이 안 맞는다는 걸 인지하고 최대한 피하고 사니 코를 찡그릴 일이 없다. 머리도 맑다.

향초, 인센스, 디퓨저는 더 이상 집에 들이지 않고 쇼핑 품목에서도 제외했다. "향이 인테리어의 마지막이에요." 홈스타일링 전문가의 조언에 향을 들이는 것이 꽤 근사한 마무리라고 생각했었고, 골고루 써봤지만 언제나 태우지 않은 향초가 생기고 쓰다가 버리는 디퓨저가 있었다. 그냥 내가 편한 대로 살았으면 좋았을 텐데, 내게 맞지 않는데도 남들이 좋다고 하는 방식을 억지로 들인 적이 여러 번이다. 몸이 크게 불편한 경험을 하지 못하니 원래 모두 이런 걸까 일반화하며 나의 상태를 의심하지 못했고. 지금은 내 몸에 안 맞으면 남들이 아무리 권해도 안 한다. 나만 이상한 걸까가 아니고 나는 그런 체질이니 피해야지라는 접근. 내 몸에 무향이 훨씬 편안하므로 공기청정기의 냄새 없애기 기능이 고급 향초의 향보다 내겐 훨씬 좋은 거다.

다행히 천연 오일의 향이나 자연 그대로의 향에 가까우면 몸이 거부하지 않아 향을 즐기는 순간도 있다. 명상할 때 페퍼민트 오일을 손바닥에 떨어트리고 손을 마주해 향이 잘 퍼지도록 오일을 비비고, 손바닥을 펼쳐 코로 들이마시고 내쉬며 긴장을 풀고, 귀밑에도 오일을 묻혀서 청량하고 시원한 향이 두루 퍼질 수 있도록 한다. 이른 아침 숲의 이슬 머금은 공기를 마시며 폐부가 온통 시원해지도록 호흡할 수 있다면 더 좋겠지만, 무취의 공간에서도 때때로 페퍼민트의 알싸한 향을 맡기도 하며 그곳에 내가 있는지 없는지도 자각하지 않은 상태로 '자유를 바라지 않기를, 완벽을 바라지 않기를… 이 모든 것을 잊고 그저 존재하기를…' 내가 비로소 해방되는 만트라를 왼다.

소리는 부드럽게

머리를 말리려고 헤어드라이어를 우렁차게 가동하고 있었다. 샴푸 후 모근을 축축한 상태로 오래 두면 지루성 피부염이 생겨 두피가 가려울 수 있으니 언제나처럼 재빠르게 말리려고 부산을 떨었다. 갑자기 손목에서 진동이 느껴졌다. 머리 말리기를 멈추고 스마트워치를 잠시 들여다보니 소음 데시벨이 위험 수준인 110dB(데시벨)이라는 표식과 함께 이런 환경에 30분간 노출되면 영구적인 청력 손상이 온다고 겁을 주는 알림 창이 뜬다. 드라이어를 쓸 때마다 유독 시끄러운 것은 알았지만 짧은 시간이니 그냥 참고 머리를 말렸다. 평생을 말이다. 머리 말리는 시간은 길어야 10분, 나는 매일 그 시간 동안 난청을 유발할 수 있는 위험 인자에 나를 내맡기고 있었다. 소음으로 인한 청력 저하는 고통 없이, 조용히 이뤄진다고 한다. 스마트워치를 착용하고 머리를 말린 적은 이번이 처음이라 기계의 경고로 청력 손상의 위험을 처음 의식했다. 흔히 시끄러운 생산 현장에서 일할 경우 가는귀가 먹을 확률이 높다고 하는데 이런 이유였나 보다. 청력은 평소 구시렁거리지 않고 제 할 일 다하다가 조용히 퇴사하는 사람처럼 저하되고 있었다.

그날부터 소음 수준이 궁금해 스마트워치로 내가 주로 가는 장소의 소음 데시벨을 측정하곤 했다. 조용한 도서관과 미술관은 40dB, 일상적인 대화나 세탁기 같은 가전제품이 작동하는 소리는 60dB 정도의 보통 소음이고, 큰 소음은 진공청소기 70dB, 매우 시끄러운 소리가 91dB에서 110dB로 오토바이나 구급차가 지나가는 수준이다. 일반적으로 75dB 이하의 소리는 난청 위험이 없고 85dB 이상의 소리에 지속 노출되면 난청 정도가 심해진다고 한다. 귀 건강을 위해서 최소 75dB 이하의 환경에서 생활할 것. 쾌적한 심신을 위한 수칙은 늘어만 간다.

귀를 괴롭혔던 때가 많았다. 과거에 시끄러운 클럽에서 몇 시간이고 놀다 조용한 환경으로 오면 귀가 일시적으로 먹먹해지곤 했지만 무시했고, 지하철의 소음 속에서 이어폰까지 꼽고 귀를 괴롭힐 때도 있었다. 지금은 신경 쓰지 않았던 청력을 보호하는 환경에서 지낸다. 집은 40dB 정도의 평균 소음 수치를 유지하고 있고, 이어폰은 꼭 필요할 때만 사용하는데 최대 볼륨의 50% 이하로 듣는다. 헤어드라이어는 도무지 낮은 데시벨을 찾을 수 없기에 결국 문구점에서 산 귀마개를 착용하고 사용한다. 귀마개는 시끄러운 환경에 노출될 때 청력 보호에 도움이 된다.

숲에 가면 새소리, 바람이 나뭇잎을 훑고 지나가는 소리가 들린다. 자연의 소리는 소란할 때도 귀에 거슬리지 않는다. 도시의 소음 공해는 예민함과 스트레스를 높일 뿐이고. 나는 층간 소음에서 자유롭기 위해 일부러 꼭대기 층에서 살지만, 벽간 소음으로 때때로 고통받는다. 아파트 같은 공동주택 형태에서 사는 게 일반적인 오늘날엔 층간 소음이 한두 명의 하소연이 아닌 큰 사회적 문제다. 아파트에 살며 위층과 갈등을 빚다 결국 전원주택으로 이사 간 지인은 예민함과 짜증을 덜어낸 매우 행복한 상태가 되었다. 아주 작은 거슬림이 사람을 뾰족하게 만들기에 소음과 멀어질 방법을 찾는다. 평온을 유지하는 법은 사소한 것을 지나치지 않는 데 있다. 작은 불만이 쌓이고 쌓여 터지는 것처럼 여태 생활뿐 아니라 삶의 모든 것에서 묵묵히 참기만 하면 병이 들고 말았으니까.

'럭스'의 세계

'괴로워, 괴롭다고.'

눈을 반쯤 감은 채 귀만 쫑긋거리고 있다. 코엑스 콘퍼
런스룸에는 대형 LED 스크린이 영화관처럼 가운데 있고
400여 명을 수용하는 극장식 좌석에 사람들이 가득 차 있다.
디자인 세미나를 듣기 위해 찾은 이곳은 스크린이 환한 빛을
내뿜고, 상대적으로 객석은 지나치게 어두웠다. 스크린의 강
한 빛으로 눈부심이 심해 강연에 집중할 수 없었다. 내가 듣
고 있는 내용은 아이러니 그 자체로 영국 유명 건축사무소 포
스터+파트너스의 환경친화적 건축 사례였다. 내용은 좋았으
나, 내 눈은 눈부심에 더 많은 정보 수집을 거부한다.

건축가는 지역의 기후에 따라 빛을 얼마만큼 실내로 들
어오게 할지 결정하고 캐노피, 창문 너비 같은 물리적 요소들
로 빛을 제어한다고 설명한다. 적정 조도에 대한 범위를 제시

하는데, 커튼과 블라인드에 1차로 의존하지 않은 최적의 쾌적함은 똑똑한 구조에서 나왔다. 강연 내내 지금 우리 집 조도는 적절한지 궁금해졌다. LED 전등으로 바꾸지 않은 구식 형광등 아래에서 생활하면 빛 떨림으로 눈이 곧잘 피로해져 스폿 조명인 LED 데스크 램프에 의존해 눈에 편안한 조도를 맞추고 있다. 빛의 밝기는 럭스(lux)로 센다. 침실은 15~30lx, 공부방 300~600lx, 식사 공간은 60~150lx, 조리 공간은 150~300lx라는 가이드라인이 있지만 내가 생활하는 공간이 적정 조도를 가졌는지는 모른다. 포토그래퍼도 공간 디자이너도 아닌 사람에게는 굉장히 비싸고 무용한 장비인 조도계로 측정할 수 없으니 나의 감으로 빛을 맞출 수밖에. 럭스의 개념은 뭔가 전문적으로 보이나 한마디로 생산성을 높이려면 밝은 곳에 있어야 하고, 휴식을 취하려면 상대적으로 어두운 공간에 있어야 한다는 것이다. 해가 밝은 시간에는 교감, 날이 저물면 부교감신경이 활성화되는 일주기와 비슷하다.

회사 일로 조명 전문가와 점심을 먹다 스마트홈에 대한 이야기가 오간 적이 있었다. 나는 앞으로 최적의 밝기를 알아서 시간에 따라 조율해주는 스마트홈이 등장하지 않겠느냐고 일반화해서 말했지만 오직 빛 하나만 연구해온 전문가는 사람마다 느끼는 빛의 강도나 세기 이런 것들이 굉장히 주관적이기 때문에 어렵다고 했다. 나이, 시력, 빛 예민도 같은 모든 세부적인 요소들이 저마다 다르기 때문에 눈에 절대적으로 편안한 조도란 없는 모양이다. 대부분의 것들이 객관적인 값이 있다고 여기지만 실로 세상은 주관적이다. 언제나 내가 편안한 정도를 기준으로 삼으면 된다. 나는 10년 전 라식 수술의 부작용으로 밝은 빛을 쬐면 눈이 몹시 부시고, 나이 때문에 시력이 저하되고 있다. 특히 겨울에는 눈이 건조해 멀리 있는 글씨나 사물이 흐릿해 보인다. 심지어 계절까지 영향을 미친다.

요즘 컨디션 향상을 위한 과학적 방법에 재미를 느끼던 나는 온습도처럼 조도까지 제어할 방법을 찾다가 포기한 채 시력 보호를 위한 몇 가지만 지키기로 했다. 어두운 공간에서 데스크 램프만 켜놓고 일하거나 공부하지 않기도 그중 하나다. 일정한 밝기를 가진 공간에서 눈은 덜 피로하고, 시력 보호도 가능하다고 하니까. 비상시가 아니라면 절대 어두운 곳에서 스마트폰을 보는 만행은 저지르지 않기. '불멍'(모닥불 바라보며 멍 때리기) 역시 비슷한 선상에서 하지 않는다. 의자에서 한 시간마다 일어나 움직이는 것처럼, 눈 역시 시선을 멀리 두고 피로 풀기. 눈알을 데굴데굴 굴려가며 눈 체조를 하고, 건조한 눈에는 인공 눈물을 톡톡 떨어트린다. 그리고 반드시 하루에도 몇 번 파란 하늘을 올려다본다. 낮 동안 쬐는 충분한 빛 중 하늘색과 보라색 빛은 생산성과 주의력을 높이고, 눈이 편안함을 느끼는 데 도움이 된다고 한다. 꼭 과학적인 근거를 찾지 않아도 인간이라면 누구나 파란 하늘이 주는 쾌청함에 마음까지 풀어진 경험이 있을 테니. 자연의 빛만큼 편안한 것은 없다.

숲에서 먹는 김밥

"너는 바다가 좋아? 산이 좋아?"

유행하는 심리 테스트인 줄 알고 냉큼 대답하는 무구한 표정의 사람들. "나는 바다가 좋아. 왜?"라고 되물으면 나는 그냥 궁금해서, 라고 싱겁게 답하지만 어쩌다 한 명이라도 산이 좋다고 말하면 눈을 반짝이며 함께 등산 갈 수도 있는 사람이라고 마음속 리스트에 올려둔다. '친수성 vs. 친숲성 테스트'라고 고유한 이름까지 붙여서 등산 영업용 콘텐츠로 삼고 있건만 안타깝게도 내 주변 대부분의 사람들은 산보다 바다를 선호한다. 바다는 휴양지가 연상될 만큼 휴식의 상징이고, 산은 고된 노동의 상징처럼 여겨진다. 그리고 누구나고생보다는 안락함을 사랑한다. 그런데 산을 싫어하는 사람이라도 좋아하는 마법 같은 단어가 있다. "숲에서 피크닉 어때?" 숲크닉을 거부하는 사람은 아직 없었다. 누구에게나 어릴 때부터 차곡차곡 쌓아온 소풍의 기억이 있는 만큼 숲에서 김밥 먹기는 등산과는 전혀 다른 이야기다.

평소 친구들과 자주 등산을 다니는 후배 한 명을 숲크닉에 초대한 아침. 나는 크림치즈와 연어, 아보카도, 적색 양배추를 넣은 김밥을 만든다. 언뜻 캘리포니아 롤처럼 보이기도 한다. 과일을 보기 좋게 담은 도시락도 준비한다. 평소에는 구급약을 보관하지만 소풍 가는 날에는 본래 용도인 피크닉 가방으로 돌아오는, 오래전 발리에서 사 온 네모난 라탄 바구니를 열고 준비한 도시락을 가지런히 담는다. 숲크닉 가는 길은 산책부터가 도시락을 더 맛있게 먹기 위한 예열의 순간이다. 경사가 일정하거나 낮은 숲길을 걷는데, 몸을 기분 좋을 만큼만 움직이고 볕이 약간 들고 그늘진 딱 좋은 명당을 찾아 앉는다. 도시락을 펼치면 적당히 허기진 몸에서 지금은 무엇을 먹어도 맛있을 거라며 눈을 반짝인다. 야외에서 먹는 밥이 맛있는 이유는 단지 기분 탓인 걸까.

사람도 동물이나 식물과 별반 다르지 않다. 광합성을 해야 생기는 비타민D처럼 볕을 충분히 받아야 건강하고, 바람이 잘 통하는 곳에서 벗은 몸을 말리는 풍욕도 평소 옷을 입고 생활해 통풍이 잘 안되는 피부의 노폐물 배출을 원활케 하

기 위함이다. 몸의 바깥과 안에 적당히 수분을 머금고 있어야 하고, 호흡으로 몸 전체에 산소를 충분히 채워주는 것도 별반 다르지 않다. 그러니까 그런 환경은 자연 가까이에 가야지만 있고, 그곳에서 풀을 뜯는 사슴 같은 상황이 즐거운 건 당연하다.

살아가기 완벽한 환경이란 어떤 모습인 걸까? 육체노동은 거의 없는, 머리를 끊임없이 굴려서 먹고사는 지적 노동으로 가득한 사무실에서의 생활, 나를 완전히 감싼 사방이 막혀 있는 작은 사각형 공간에서 안정감을 느껴야 마땅한데도 알

수 없는 적과 싸우는 정신적 불안은 떨쳐내기 어렵다. 최고급 온실처럼 과학적 숫자들에 기대어 실제 날씨를 거스르는 인위적이지만 쾌적한 주거 환경, 미적으로 거슬림 없이 연출된 공간, 동선을 고려해 배치한 가구와 눈이 피로하지 않게 하는 조도, 두통을 유발하지 않는 냄새와 귀를 편안하게 하는 적정한 소음 수준. 이 모든 것이 조화를 이룰 때 완벽하게 살기 좋은 환경이라 정의할 수도 있지만 어쩐지 사람 냄새가 나지 않는다. 맞다. 공간을 심리적으로 편안하게 만드는 요소는 결국 사람의 온기다.

생활감이 전혀 묻어나지 않은 너무 완벽한 공간에 가면 오히려 어딘가 부족하고 삭막함이 감돌 때가 있다. 모델하우스 같은 곳보다는 가정이란 말이 어울리는 공간을 완성하는 마지막은 '가정의 달'이란 별칭이 붙은 5월의 초록 잎과 꽃으로 화사한 봄 숲에서 김밥을 나눠 먹는 순간이다. 그러니 숲이 더 예쁘게 보이고, 야외에서 먹는 밥이 유독 더 맛있는 이유는 함께 있는 사람 때문이다. 혼자 오르는 산도 좋지만 기어코 동행을 찾기 위해 나는 오늘도 "숲을 아십니까" 영업에 나선다. 삶이란 영역에 온기를 들이기 위함이다.

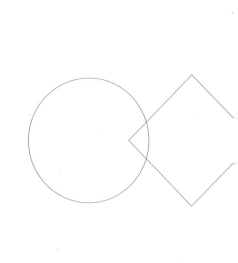

3

차
일상의 위안

가부좌를 틀고 앉아 들숨 날숨 호흡에 집중하는 본격적인 명상은 차분함과 집중력을 키워준다. 확실히 나는 명상을 시작한 후로 주의산만에서 벗어났다. 명상은 '이제부터 명상해야지' 하는 마음으로 접근하는지라 자연스럽게 일상에 녹아들지는 않는다. 일종의 마음을 다스리는 의식 같은 행위다.

이보다 자주 명상과 유사한 효과를 보는 방법은 차 한 잔 우
려 마시며 멍하니 앉아 있을 때다. 처음 나에게 차는 그 차림
새가 예뻐서 마음을 빼앗긴 취미였다. 지금은 손에 쥐는 따
스한 찻잔의 온기가 알게 모르게 지친 마음을 위로한다. 이
제는 차의 시간이 빠진 하루를 상상하기 어렵다.

마음이 복잡할 때는
주변 정리부터

새해가 오기 일주일 전은 보통 청소를 하며 보낸다. 집 곳곳에 물건을 꺼내 정리하고 버릴 것은 버리고, 자주 써서 낡은 것은 고치거나 교체하고, 마지막으로 한 번에 버리려고 모아둔 폐건전지나 유효기간이 지난 약을 들고 주민센터에 있는 수거함에 다녀온다. 집 곳곳이 깨끗해지면 좋은 기운이 그 자리를 차지한다. 새해에 몸을 깨끗이 세신하듯 집도 그렇게. 일소제이신심(一掃除二信心)이라는 선불교 수행법이 있다고 한다. 믿음은 청소가 끝난 다음의 일이라는 의미다.

　더러운 집은 머물기 싫고, 마음이 심란해지고 무엇보다 가난이 거기에 있다. 아무것도 하기 싫어지는 의욕 없는 삶은 더러움에서 시작한다. 사람이 손가락 하나 까딱할 수 없을 만큼 지쳤을 때 가장 하기 싫은 건 내 몸 씻기다. 몸을 일으켜 세수라도 하고 나면 그제야 살아갈 마음이 든다. 그다음으로 집의 청결도인데 내가 지치고 여유가 없음을 너저분한 집이 보여준다. 세간살이는 간소해도 깨끗하게 관리되는 집이란 얼마나 아름다운지. 삶도 그렇게 가꿔나가는 주인의 모습이 보인다. 매일 노동에 지친 나여서 집에 먼지 하나 없는 초절정의 청소 기교를 부릴 수 없고, 그럴 능력도 없지만 적어도 데굴데굴 굴러다니는 물건이 없도록 모든 물건을 제자리에 두는 것만큼은 잘 지킨다. 또 하나는 다구 관리. 나에게 차 마시는 시간은 언제나 나를 대접하는 휴식인지라 다구만큼은 세심하게 손본다. 차를 오래 마시면 아무리 부지런히 관리해도 찻잔에 찻물이 든다. 특히 순백의 자기에 홍차를 자주 마시면 찻물이 얼룩덜룩하게 드는데, 찻잔이 지저분하면 차 맛을 제대로 즐길 수 없고 나 자신이 홀대받는 기분이 든다. 관리된 낡음과 방치된 더러움은 분명 다르다.

찻물을 지워도 지워도 닦이질 않아 어쩔 수 없나 봐, 하며 멀쩡한 찻잔을 그냥 버린 적이 있었다. 청소를 탐구할 심적 여유가 없었으니 가장 손쉽고도 낭비로운 선택을 했으리라. 나는 정신적 여유가 생긴 후에야 살림 팁을 찾아보며 과탄산소다를 사용해서 찻물 든 잔을 깨끗하게 닦을 수 있음을 알게 되었다. 그릇이 담긴 볼에 과탄산소다 약간을 넣고 뜨

거운 물을 부어준다. 20여 분 방치해두었다가 설거지를 하면 마법과도 같이 새것처럼 깔끔해진다. 그 뒤로 찻잔이 지저분해지면 망설이지 않고 과탄산소다를. '표백의 신'이 도기 찻잔이나 스테인리스 거름망에 다녀가며 기적을 일으키는 모습을 목도한다.

나를 포함해 유용한 일상 도구까지, 상처 입은 모두를 돌보며 반성과 고침이라는 자기만의 연말 의식을 보낸다. 자고 일어나면 그날이 그날이고 계절의 바뀜만 있을 뿐인데 의미를 부여한 달력 덕분에 그동안 무심했던 것을 돌아보게 된다. 그렇다고 집 안의 모든 것을 동등하게 관리하지는 않는다. 마음이 더 가는, 언제나 그렇듯 가장 우선하는 두 가지는 따로 있다. 내 생활의 중심을 잡아주는 1인용 침대와 2인용 식탁이 집에서 머무는 삶의 중심이니까. 혼자 쓰는 식탁에는 언제나 다구 한 세트가 내 맞은편의 자리를 차지한다. 깔끔한 침실과 식사 자리만으로도 나는 행복, 아니 적어도 불행하다 느끼지 않는다. 완벽한 행복을 느끼기엔 늘 부족함이 떠오르기에, 요즘 나는 "적당히"라는 말을 입에 달고 사니 이럴 때 나는 늘 적당히 행복하다.

보온병을 어렵게 분해해서 구석구석 닦고 소독한다. 여러 가지 필터 청소까지 해치운다. 수고스러움은 곧 말끔함으로 바뀌고 아주 사소하지만 삶의 어떤 통제력이 채워짐을 느낀다. 삶이 내 뜻대로 되지 않을 때 청소만큼은 다른 이야기를 한다. 치운 만큼 깨끗해지지 않냐고. 그릇의 기름기는 주방 세제로 닦이고, 바닥의 먼지는 청소기로 쓸어내고, 이어서 물걸레로 보송보송하게. 쌓인 먼지를 걸레로 닦아내고 나면 찾아오는 반짝임, 단순한 선후관계. 청소가 마음 수행이 되는 까닭은 깨끗한 기분이 전부가 아닌 나를 가다듬는 시간이라서, 그러니 무력함이 스밀 때는 집이라는 나의 작은 우주를 먼저 깨끗하게 만든다.

삶에 대한 책임감이
나를 끌고 나간다

불 꺼진 집에 돌아와 외로움이 섞인 한숨을 후 쉬고 나서 불을 켜고, 텅 빈 냉장고를 한번 열어본 다음 배달음식 앱에서 무엇을 먹을까 고민한다. 외출복을 그대로 입은 채 텔레비전을 켠 다음 눕는다. 눕는다? 나에겐 환상 속의 자취인 모습이다. 특히 옷을 입은 채 바로 눕는다는 획기적인 선택지는 없다. 자취인으로 산 지 15년. 내 또래 여자 열 명 중 일곱 명은 기혼이라고 한다. 나는 세 명에 속한다. 소수로 남으면 여러모로 소외될 확률이 높지만 나는 경력 오래된 프로 자취인이 되었다. 가끔 가족을 꾸린 사람들의 행복한 모습을 보면 부러울 때도 있지만, 내 운명은 그 길이 아니었나 보다. 매우 오랫동안 주변 사람들에게 혼자 남겨졌을 때의 어려움에 대한 충고를 들으며 살았다. 아플 때 보호자가 없구나, 무조건 내 편이 없구나, 죽으면 내 뒷정리는 어떻게 해야 하나. 나이가 나이인 만큼 무심코 뻗어나가는 현실적인 생각들도 있다. 그러나 대개 삶의 불편과 감정적 공허 같은 말은 실감하지 못한다. 먹고사는 게 바쁘다는 핑계로 그렇다. 퇴근 무렵부터 아니면 어제부터 저녁거리 재료는 이미 냉장고 속에 있다. 맛있게 차려 먹고 푹 쉬어야겠다는 의지로 온통 가득 찬 발걸음으로 집에 돌아와 불 켜기 무섭게 재빠르게 환기, 공기청정기 가동, 재빠른 샤워, 편안한 옷을 입고 식사 준비 빠르게 진행이란 속전속결의 과정을 거친 다음 밥은 최대한 느긋하게 먹는다. 책을 보다 잠이 들고 다음 날 일어나 출근. 무한 반복에 가까운 평일을 보내고 주말을 맞이한다. 주말에는 하루 정도 책을 보며 빈둥거리고 쉬거나 외출을 하고, 글을 쓰거나 공부를 하는 날도 있다. 그 중간중간의 대청소까지 더하면 역시 외로움을 느낄 여유는 없는 셈이다. 그러나 잠깐 콜록거리며 감기인가 했을 때는 감기가 아니듯이, 이게 외롭나 의문을 품을 때는 정신적으로 건강하다. 그러다 갑자기 훅 아무것도 하기 싫어진다면 그제야 내가 심적으로 힘들구나, 한다. 감기처럼 우울감도 그렇게 찾아온다.

나는 요모조모 따져봐도 혼자 생활하는 쪽이 훨씬 편하다. '혼자 산다'는 스스로 생활이 가능하다는 의미지 이 세상 홀로 산다는 뜻은 아니다. 그 누구도 진정한 의미에서 홀로 살지 못한다. 한때 사람 인(人) 자는 두 사람이 등을 맞대고 기댄 모습을 형상화했다고 해석하곤 했다. 나에겐 김장 김치를 나눠주는 가족, 분갈이할 화분이 없다는 말 한마디에 안 쓰는 화분을 기꺼이 내어주고 집에서 기른 루꼴라를 먹으라고 가져다주는 회사 동료, 집 어딘가가 고장 나면 늘 달려와 모든 것을 고쳐주는 친오빠, 심신의 고민을 가감 없이 나누는 친언니, 나에게 시어머니가 준 우롱차를 양껏 담아주고 친정 엄마가 준 김의 일부를 시즌마다 선물하는 친구, 안 쓰는 아스티에 드 빌라트의 접시를 주고 그 접시에 대한 생색도 안부도 묻지 않는 아이템 부자… 그러고 보면 나를 물심양면 챙겨주는 사람이 가득하다. 그들이 나를 필요로 할 때 내가 가능한 선에서 뻗는 도움의 손길이 전부일 뿐인데도 나는 존재만으로도 그 많은 도움과 호의를 받으며 홀로 생활하고 있다.

"느끼한 음식에는 우롱차를 우려서 마셔야 합니다."

밥상을 차리며 이렇게 상황을 설명하는 말을 나도 모르게 내뱉을 때가 있다. 그때마다 조금 흠칫하면서 초라한 외로움을 느낀다. 아마 혼자 살아서 고독한 경우는 대화를 나눌 사람이 없을 때 같다. 혼자 밥을 차려 먹는 것은 익숙한데도. 만두나 볶음밥처럼 중국 음식 비슷한 걸 차리면 친구가 나눠

준 철관음을 우린다. 향기로운 그 차는 느끼함을 잡아주고 식사를 더 맛있게 하도록 분위기를 돋운다. 나에겐 '식사 차'가 있고, 그게 바로 혼자의 밥상이다. 유독 외로움을 타는 내 주변 자취인 한 명은 혼자인 내게 밤마다 전화를 해서 몇 시간이고 수다를 떨곤 했다. 나는 퇴근 후에 앞서 열거했던 생활을 꾸려야 하는데, 유감스럽게도 시간을 빼앗기는 상황이었다. 혼자 있을 때 통화 목록을 계속 스크롤하며 매번 누구와 연락해볼까 한다면 아무래도 혼자 생활은 어렵다.

철관음은 동글동글한 파마머리 같은 건엽(마른 찻잎 상태)을 가졌는데, "귀여워!" 하고 탄성을 지르다가도 몇 번 우리다 보면 개완 속에서 동글함 속에 숨겨왔던 어마 무시한 크기의 찻잎을 펼치는 위엄을 보여준다. 우롱차는 오롱차라고도 하는데 찻잎이 용을 닮아서 그렇게 부른다나? 성숙한 찻잎을 따서 만든 발효차는 향이 풍부하고, 대만 밀키 우롱은 부드러워서 디저트와 함께 곁들일 때 잘 어울린다. 귀여운 첫인상이지만 알고 보면 커다란 힘을 숨기고 있는 우롱차는 적당히 잘 자란 어른의 차 같다. 어른이란 어떤 모습으로 살든 자신의 삶을 스스로 책임질 줄 아는 이를 뜻한다.

신경을 느슨하게,
손을 움직이는 취미

눈이 내리면 오히려 날이 따뜻하다. 영상을 살짝 웃도는 기온이라면 눈은 이내 비가 되기도 하고, 이 둘이 반반 섞여서 정취를 더한다. 이런 날에는 묵직한 암운이 도는 무이암차다. 암운, 암차에 공통적으로 들어간 '암'(岩)은 바위를 뜻하는데, 이 차를 만드는 차 나무가 자라는 곳이 협곡, 암석의 틈이라고 한다. 여기에는 야생란, 창포가 함께 자라 돌과 꽃의 향취가 차 나무에 스민다. 중국차의 생장지 이야기를 듣다 보면 옛 시절 고사화 같은 이미지가 떠오른다. 거기 가면 불로의 명약을 가진 신선이나 도사를 만나는 게 아닐까. 차 전문가들은 암차를 표현할 때 암골화향(바위에 핀 꽃의 향기)이 느껴진다고 말한다. 나는 차 맛을 어떻게 공유해야 할지는 잘 모르지만 비 내리는 날에는 무이암차를 마셔야겠다는 학습된 미각이 있다. 눈비가 내리는 날 육계 찻잎을 꺼낸다. 개완에 찻잎을 넣고 빠른 세다 과정을 거치고 뜨거운 물로 첫 번째 탕을 우린 다음, 숙우에 식힌 뒤 차 맛을 음미한다. 차 준비가 끝나고, 나는 뜨개질거리를 꺼내든다. 차와 어울리는 겨울의 소일거리를 시작할 참이다.

　오늘은 또 어떤 못생기고 근본 없는 걸 떠볼까. 완성품에 대한 욕심도 더 잘해야 한다는 향상심도 전혀 없는 취미 생활. 그럼에도 뜨개코를 만들어 한 코씩 뜨고 감치다 보면 마음속 추위까지 밀려나며 온몸이 따뜻해진다. 코를 너무 쫀쫀하게 떠서 바늘 잡은 손끝이 빨개지고 나서야 뜨개질을 멈춘다. 마음이 한없이 느슨해지는 뜨개찻자리는 겨울에만 여는 작은 계절 연회다. 완성품보다는 니팅이라는 행위 자체에 의미를 둔다.

　니팅은 인류의 시작 무렵부터 있었다지만 뜨개질 하면 떠오르는 대표 아이템은 역시 스웨터다. 뱃사람이 그물을 짜던 것에서 착안하여 만든 따뜻하고 신축성 있는 옷은 북유럽에서 시작되어 지금까지 사랑받는, 디자인 역사에 있어 상당히 창의적인 발명품이기도 하다. 요즘은 스웨터를 직접 만들어 입는 경우보다 니팅을 하면 마음이 편안해진다는 점에 더 높은 가치를 두는 이들이 많다. 평창 동계올림픽 때 핀란드 선수단이 경기 중 대기하면서 뜨개질을 하는 장면이 고스

란히 중계방송 카메라에 잡힌 적이 있다. 그후 #올림픽니팅
(#olympicknitting) 해시태그를 타고 화제가 되었는데, 스노보
드 선수가 기록에 도전하기 위해 출발선에 선 상황. 지켜보
는 사람이 더 긴장되기 마련인 그때 유유자적 뜨개질을 하
는 코치의 모습이라니. 선수단이 뜨개질을 하는 이유는 마음
을 안정시키고 집중력을 높일 수 있기 때문이라고 한다. 이를
일컫는 명칭까지 있다. 바로 네올루시(Neuloosi)인데, 신경증
(Neurosis)과 뜨개질(Neuloa)을 합한 말로 니팅이 예민하고 날
카로워진 마음을 차분하게 가라앉혀주는 효과가 있기 때문
이라고. 낯선 곳에 가거나, 어려운 사람을 만나거나, 업무적
으로 중요도 높은 일을 처리해야 하는 등 긴장감이 스밀 때
다리를 떨거나(보기 좋은 모습은 아니지만), 손가락 두드리기, 그
림 낙서(내 경우엔 업무상 아이디어를 내야 할 때 종이에 꽃이나 이파

리를 반복적으로 그리며 생각한다)를 하기도 한다. 이 모든 행위의 공통점은 단순 반복이다. 긴장에서 벗어나 보통의 리듬을 찾아가는 방법은 저마다 고유의 방식이 있다.

　　팽팽하게 당겨진 신경줄을 느슨하게 만들려면 손을 써서 단순 반복 노동을 해볼 것. 집에서 완두콩의 콩깍지를 까고, 떨어진 단추를 달아보기. 섬세하게 손을 쓰는 가사는 점점 줄어가기에 손을 쓰는 취미 생활을 부러 만들게 된다. 우리가 가진 열 개 손가락의 위대함에 빠져들게 하는 수공예는 일상을 뜻깊게 치장할 때가 많다. 그렇지 않다면 목공으로 완성도 떨어지는 선반을 만들고 뿌듯하고, 익숙지 않은 물레질로 만든 머그컵을 사랑스럽게 바라보는 사람들을 발견할 수 없을 테다. 어딘가 어설퍼서 더욱 손맛이 나는 물건, 나에겐 니팅으로 만든 컵 받침이 그렇다.

모든 일에는
때가 있다

여행과 출장으로 도쿄에 자주 갔었다. 어릴 때부터 일본 만화책과 애니메이션, 패션 잡지를 줄곧 보고 자란 데다 지리적으로 가까워 자주 방문한 덕에 우리나라를 제외하고 일본은 나에게 심적으로 가장 편한 곳이기도 하다. 얼마나 편한 정도냐면 교토에서 여권을 잃어버렸을 때도 느긋했다. 재발급 받으려면 어떻게 해야 하나, 비행기 표는 자주 있으니까 문제없고. 다행히 백화점에서 분실한 터라 고반(일본 파출소)에 맡겨둔 여권을 찾기 위해 경찰과 구글 번역기로 대화를 나눈 기억이 전부다. 태어나 내가 처음 가본 파출소가 일본에서구나 싶었다.

일본에 가면 끼니 중 몇 번은 스시를 먹는다. 어느 스시집이든 자리에 앉으면 가장 먼저 녹차가 나온다. 일본 녹차인 센차다. 식당의 차는 그다지 질 좋은 찻잎을 쓰지 않았음에도 어쩐지 맛있고, 스시를 먹고 입가심으로 센차를 한 모금 마시면 입안이 개운하다. 집에서도 종종 밥하기 싫은 날에는 생선 초밥을 사서 먹는데 이때 일본 스시집의 기억을 살려 센차를 준비한다. 내가 마시는 센차는 강남의 한 호텔 일본 차 클래스에서 받아온 것인지라 꽤 품질이 좋은데도 도쿄의 평범한 스시집에서 먹는 그 차 맛이 더 좋게 느껴진다. 좋았던 기억은 수많은 조건의 합을 전제로 한다. 장소, 사람, 나이, 상황, 분위기… 날씨까지도. 똑같은 순간은 다시 오지 않는다. 어제 마셨던 차와 오늘 마셨던 차가 미묘하게 다르듯이. 살면서 내내 품었던 열망은 사그라들기도 하고, 전혀 관심 없던 분야에 눈이 가기도 한다.

"지금이 아니면 아무래도 힘들겠죠? 뉴욕에서 살아보고 싶어요."

20대 후반의 나이는 세대를 막론하고 글로벌 앓이라는 과정을 거치는 건가. 모험을 떠나기에 알맞은 때인지도 모르겠다. 얼마 전 나와 띠동갑인 직장 후배가 해외에서 살고 싶다고 가볍게 말했는데, 그 말을 기점으로 묻어두었던 과거가 떠올랐다. 돌이켜보면 딱 그 나이에 나도 떠나고 싶었고, 내 주변의 또래들도 이 같은 포부를 가진 이가 많았다. 다만 실행하는 이와 아닌 이가 나뉘었을 뿐. 나는 머무는 쪽이었다. 열망은 있었지만, 어딜 가서 구체적으로 무엇을 해야겠다는 뾰족한 목표가 없었으니 흐지부지되었다. 지금 나를 끌어당기는 현실에서 벗어나 새로움을 접할 때 더 많은 기회와 아이디어를 얻을 수 있음을 알아도 언제나 하지 못하는 그럴듯한 핑계가 세트로 따라붙는다. 자신을 납득시키는 말로 위안은 얻겠지만 울기만 하면 달라지는 게 없듯이, 돌이킬 수 없는 것에 미련을 가진다고 달라지는 것 역시 없다. 실행하기 전까지, 마음속에서 지워버리기 전까지는 언제나 매듭짓지 못한 일로 남을 뿐이니까.

절실하지 않은 일, 대충 내뱉는 구상을 100% 실행하며 사는 사람은 없다. 돌이켜보면 꽤 자주 하지 못한 것에 대한 아쉬움을 곱씹는 데 보냈다. 그럴 필요는 전혀 없었는데도 나는 마치 대단한 기회를 놓친 듯 미련을 뒀다. 진짜 하고 싶은 일은 말할 시간도 없이 이미 하고 있었고, 당장 하지 못할지언정 마음 한구석에 잘 간직해두고만 있어도 어떤 계기로 갑자기 하게 되는 일도 있다. 지금 하지 못하는 이유는 때가 아니어서다. 그 시기는 정해서 행할 수도 있지만 전혀 생각지도 못할 때 찾아오기도 한다. 이를 받아들인 후로 어떤 일에도 미련이나 후회 같은 감정이 일상에 짙게 스미진 않았다. 놓쳤다는 느낌이 들어도 상관없었다. 때가 아니거나 내 것이 아니거나 흘려보내는 쪽이 되어간다. 나는 이게 아니면 안 돼, 라는 절실함을 버리고 우연에 기대어 사는 쪽이 자유로웠기에. 깨끗이 잊어버린 위시리스트는 더 이상 위시리스트가 아니다. 물 흐르듯 자연스러운 삶은 고여 있지 않다. 거센 물줄기나 개울가의 잔잔한 물줄기 모두 어찌되었든 계속 흐르듯이, 놓쳐버렸다고 모든 게 끝이라는 생각이 들 때에도 언제나 다음이 있다.

선택하지 않은 것도
선택

국제 도서전에 가서 예술 관련 책 두 권을 사고, 일행들을 따라서 근처 편집숍에 구경하러 갔다. 짧고 편안해 보이는 패딩 조끼를 발견하자마자 바로 쇼핑. 때는 초가을이었고 여전히 반팔이 어울리는 날이었지만 그랬다. 나는 이맘때쯤이면 버릇처럼 방한용 옷을 사곤 한다. 코트 안에 입으면 딱 좋을, 내 키와도 잘 맞아 보이는 귀여운 조끼는 겨울에 출근하는 노동자를 위한 맞춤 옷이었다. 물건을 자주 사지 않는 대신 필요한 게 보이면 고민 없이 산다. 갈팡질팡하거나 고민한다면 그게 쇼핑이든 인생을 건 선택이든 하지 않는다. 단순하게는 생필품 구매부터 크게는 새로운 프로젝트를 할지 말지 역시 그렇게 직관으로 오랜 고민 없이 결정한다. 보석 브랜드 반클리프 아펠 서울 메종을 디자인한 파트리크 주앙은 세미나에서 이런 이야기를 했다. 의뢰인에게 선택지를 주지 않고 하나의 솔루션만 제시한다고. 만약 선택지가 있어야 한다면 자기는 디자인을 어떻게 해야 할지 모르게 된다고. 나와 비슷한 결을 가진 생각인지라 오랫동안 기억에 남았다.

내가 안정감을 느끼는 방법 중 하나는 선택지를 버리는 데 있다. 고민하지 않고 최대한 단순하게. 고민은 다른 말로 사지선다 객관식이란 의미고, 의사결정을 내릴 때까지 적지 않은 에너지를 써야 하는 비교 과정을 의미한다. 내가 하는 이 선택이 좋은 결과가 될지 나쁜 결과가 될지 아무도 모른다. 귀네스 펠트로가 출연한 1998년 영화 〈슬라이딩 도어즈〉는 주인공이 회사에서 해고당하고 나오는 길에 지하철을 타느냐 못 타느냐로 남자친구의 불륜 현장을 목격하느냐 마느냐로 나뉘고 그로 인해 운명이 어떻게 바뀌는지를 보여준다. 어떤 운명이든 완벽함은 없었다. 두 가지 경우 모두 저마다의 희로애락이 있을 뿐. 영화와 달리 현실에서는 어차피 한 가지 길만 있다. 그때 그걸 택했더라면 내 인생은 어떻게 달라졌을까, 같은 가정은 꽤 무의미하다.

선생님 : 선택하지 않은 것도 선택이다. 사르트르는 규칙도 없는 부조리한 세상에서 인간은 선택을 통해 자신을 정의한다고 믿은 작가예요. 선택하지 않은 것에도 결과가 따르

니 선택한 게 되죠.

에밀리 : 올바른 선택인지 어떻게 알죠?

선생님 : 사르트르 사상에는 옳고 그름이 없어요. 자신의 신념을 정하고 그에 따라 사는 거죠.

넷플릭스 오리지널 드라마 〈에밀리 파리에 가다〉 시즌 3의 첫 번째 에피소드에서 프랑스어 수업을 듣던 에밀리는 교사에게 선택하지 않은 것도 선택이라는 말을 듣는다. 다니던 회사에 남을지, 프랑스인 동료들이 새로 차린 회사로 이직할지 고민하는 줄거리였다. 이 대화에 등장한 철학가이자 작가인 장 폴 사르트르는 "인생은 B(Birth)와 D(Death) 사이에 있는 C(Choice)"라는 유명한 말을 남겨 인생이 선택의 연속임을 규정했다. 어떤 갈림길 앞에서 양팔 저울에 객관적으로 가치 있는 무게 추를 올려두고 어디로 기울지 면밀히 살펴 선택하려 하지만 그건 어디까지나 회사 업무처럼 공동의 최우선을 결정할 때의 경우고, 자신의 운명 자체는 매우 감정적으로 결정할 때가 많다.

부엌 찬장을 열면 차를 모아둔 선반이 보인다. 오늘 어떤 차를 마실까 고민하는 날은 드물다. 어떤 차가 마시고 싶

어, 하는 마음으로 찬장을 열어 즉각 그 차를 꺼낸다. 무의식적으로 대부분 좋아하는 홍차를 고른다. 오랫동안 여러 차를 맛본 결과다. 어떤 날은 마리아주 프레르의 마르코폴로가 너무 맛있어서 그것만 줄곧 마시다가 날이 조금 쌀쌀해지면 진하게 우린 아삼 홍차에 우유를 넣어 마시곤 하는데 그건 정해놓고 하는 일이 아닌, 마음 가는 대로 하는 행동이다.

다년간 이런 날씨에는, 이런 음식에는 이 차다,라는 누적된 경험에서 나오는 어쩌면 과학적인 결정. 소소한 기호식품이야 실패 역시 사소하니 '마음 가는 대로' 해도 상관없다지만 대학 전공, 취업, 결혼처럼 인생의 전환점이 되는 시간,

돈, 에너지 역시 많이 투입하는 결정은 응당 엄청난 고민의 과정을 거쳐야 후회가 없다고 여기는 게 일반적이다. 그러나 이제 나는 모르겠다. 좋은 선택 방정식이 있어서 컴퓨터에 값을 입력하고 연산해 내 앞날에 최상의 길을 열어준다고 해도 계산하지 못하는 수많은 변수까지는 예측하지 못하리라. 살면서 고민이 생기면 우리는 경험자의 조언에 기대거나, 객관적인 정보에 의지하려 한다. 그러나 언제나 답은 이미 마음속에 크게 자리 잡고 있다. 자신이 한 결정을 믿고 그 결과까지 책임진다. 후회 없는 선택은 적어도 나는 모르는 미지의 세계. 다만 마음이 불편한 선택은 하지 않는다, 고민이 많아지는 선택은 하지 않는다가 지금 나의 정답. 언제나 첫 번째 마음이 마지막 결정이었다.

황금 인맥 같은 건
없지만

3단 케이크 스탠드 1층에는 오이 샌드위치, 그 밖의 핑거푸드. 2층에는 작은 케이크류, 마지막 3층에는 초콜릿처럼 한 입 거리의 달콤한 과자가 놓여 있다. 아래부터 위로 순서대로 맛을 보며 화려한 티포트에 담긴, 그만큼 향기로운 홍차를 함께 마신다. 영국 귀족이 늦은 저녁 만찬 전 허기를 달래기 위해 만들었다는 애프터눈 티. 당시 오이 샌드위치가 고급 음식이었던 이유는 오이에 열량이 전혀 없어서인데, 열량 보충이 필요 없는 넉넉한 삶을 의미했다. 어릴 적 제인 오스틴의 소설을 읽고 자란 나는 예쁜 티포트와 티컵, 잘 가꿔진 정원, 가지각색의 티 푸드가 상징하는 귀족적 환상을 곧잘 품었다.

생명 유지의 필수는 아닌 디저트. 없어도 그만이나 있으면 삶의 풍요로움을 음미하는 시간, 찻자리. 여러 형태의 찻자리 중 애프터눈 티는 교양 있는 이들이 즐기는 사교의 장이다. 홍차를 공부하다가 하이 티(High Tea)와 로 티(Low Tea)로 나뉨을 알게 되었는데 하이 티는 이름에서 풍기는 뉘앙스와는 달리 노동자 계급이 퇴근 후 고열량 식사와 함께 곁들이는 홍차다. 〈겨우 서른〉이라는 중국 드라마의 주인공 구자는 상하이의 고급 주상복합에서 살면서 아들을 국제 유치원에 보내려 한다. 입시 면접에 실패한 아들을 인맥으로 입학시키기 위해 영향력 있는 상류층 인사인 왕 여사의 눈에 들려고 그녀의 특기인 케이크를 매개로 접근, 왕 여사의 사교 모임 준비를 돕기에 이른다. 극중 왕 여사는 돈은 많으나 지식은 짧은 인물로 나오는데, 부를 과시하는 과정에서 디테일이 떨어진다. 구자는 주방에서 일하다 모임이 끝나자 왕 여사에게 높은 테이블에서 즐긴 애프터눈 티 사교 모임의 잘못된 점을 알려준다.

진짜 귀족 계층의 사람들은 로 티를 즐겼어요. 여기서 말하는 하이랑 로는 사실상 테이블의 높이를 말하는 거예요. 정말 여유 있는 사람들은 낮은 테이블과 소파에 앉아서 애프터눈 티를 즐기고 평민들은 높은 테이블에서 애프터눈 티를 마셨어요. 빨리 마시고 일어나려고요.

교양을 겸비한 구자는 왕 여사의 좋은 지원군이 되지만,

그녀는 상류층 무리에 쉽사리 받아들여지지 않는다. 모두 에르메스 백을 들었는데, 혼자 샤넬 백을 들고 온 그녀는 단체 사진에서 사진이 잘려 나간 채 소셜미디어에 포스팅된다. 구자는 명품숍에서 일하는 친구 왕만니의 도움으로 한정판 에르메스 백을 구해 그들 무리에서 인정받으며 남편 사업에 도움이 되는 인맥을 구축하려 고군분투한다.

드라마는 재미있지만, 나는 성공하기 위해 인맥 구축에 최선을 다하는 모습에서 거리감을 느꼈다. 열정은 대단하지만 나는 더 이상 관심 가지 않는 부분이 인맥이었다. 사회생활을 하면서 사람을 도구로 보고 어떻게 이용할지 궁리하는 사람도 만나보고, 서로 거래 조건이 맞지 않으면 교류가 단절되기도 하고, 내가 잘해줬던 사람에게 그 마음을 돌려받지 못해 실망하기도 했고, 일방적으로 나에게 잘해주는 사람이 부담스럽기도 했다. 그러다 보니 지쳐서 나는 인맥 관리를 잊고 산다. 업무상의 제안과 수락이 있지 사교는 조심스러웠다. 사람이 기회를 준다는 말은 믿지만, 내가 기회를 줄 만한 사람이어야지 그런 일도 생기지 않나.

가수이자 프로듀서인 박진영은 "인맥은 짧게 보면 도움이 되지만 길게 보면 도움이 되지 않는다"라는 조언을 남겼다. 대신 성실하게 실력을 쌓으면 사람들이 알아봐준다고. 방대한 인맥보다는 마음이 맞는 사람과 연을 맺으라는 꽤 울림이 있는 조언이었지만, 자기 상황에 빗대어 보면 무엇이 정답인지 모를 때가 있다. 내가 생산자(크리에이터)라면 좋은 결과물을 내보여 사람들이 나와 일하고 싶어 저절로 찾아오는 쪽이 맞아 보이지만 만약 하는 일이 세일즈 파트나 섭외가 주가되는 분야라면 인맥 관리가 우선이기도 하니까. 이 모두를 떠나 사회생활을 하면서 내가 배운 것 하나, 대부분 거래 관계라는 점이다. 재능 교환, 돈 같은 보상처럼 거래 조건이 충족되지 않으면 어떤 거래도 지속되지 못한다. 그러니 나만의 무기를 갈고닦으며 사람들과도 두루 잘 지내는 쪽이 확실한 먹거리와 내 자리를 보장하는 방법이다. 이상적인 경우지만 드라마 주인공 구자처럼 세상 똑똑하게 굴어도 배신당하기도하고 무리에서 소외되기도 한다. 이런 먹고 먹히는 정글 속에서 각자의 욕망으로 모두 치열하게 사니 갈등이 없을 리 없고 상처받을 일은 많다.

　사람들과 만나는 사회적 휴식은 공기처럼 없어서는 안된다. 내가 좋아하는 사람들과 보내는 시간, 좋은 에너지가 순환하고 웃고 떠드는 시간이 없다면 사람은 애정결핍으로 어두워지기 마련이니까. 인맥 구축형 사교가 아닌 서로에 대한 관심을 나누는 시간은 장수 여부를 결정지을 만큼 생존에 반드시 필요한 요소다. 그러나 일에 관해서는 타고난 성격을 거스른 채 황금 인맥을 만들고 관리하는 사람이 되지 않아도 된다. 책《콰이어트》에서 작가 수전 케인은 자신이 내향인 변호사여서 자료 분석을 더 잘했다고 한다. 우리는 성격을 개조할 수 있지만, 그것도 어느 정도까지며 타고난 기질은 우리가 어떻게 살았든 간에 우리에게 영향을 미친다고 말한다.

　　나는 내향인이다. 모든 성격은 장점이 있기에 자신의 성격에 맞는 쪽으로 발전시켜나가면 된다. 누군가와 함께 있어도 반드시 혼자 있는 시간이 필요한 사람. 타인과 거리를 적절히 두는 편이고, 내가 벽을 치고 있는데 가끔 그 벽을 넘어오는 사람이 신기하면서 동시에 불편한 사람. 나는 이런 성격 탓에 친구들 또는 비즈니스 관계의 인맥이 될 수도 있는 이들과 꾸준히 교류하지 못한다. 대신 아이디어와 일목요연한 서류 업무, 꼼꼼한 실행으로 일을 믿고 맡겨도 될 만한 사람이라는 평판을 얻으려 한다. 인맥이 끌어주는 더 좋은 기회는 없지만 상관없다. 따지고 보면 모두 내 성격 탓이라 불만이 있을 리가.

감정의 찌꺼기는
눈물로 흐른다

나는 짧든 길든 매일 명상을 한다. 요가하며 숨 고르기 할 때는 물론이고 침대에 누워 멍하니 천장 바라보기도 명상의 일종이다. 가장 좋은 쉼은 '해야만 해'라는 강박에서 벗어나 머리마저 멍하니 비워내는, 바로 아무것도 안 하는 상태다. 바삐 돌아가는 세상을 내 의지대로 멈춘다.

언제나 크고 작은 사건사고가 있고, 출근할 때 잊고 오는 개인 소지품이 많으며 늘 정신이 없어 보이는 지인은 자신이 왜 그런지 모르겠다며 삶의 불편함을 호소했다. 요즘 화두가 되고 있는 성인 ADHD 증후군이 아닌가 서로 그런 의심을 하면서 치료받을 수 있다던데, 풍문으로 들은 이야기를 한참 나누다 나는 가장 현실적인 조언을 했다.

"신경 써야 할 게 너무 많아서 그런 거 아닐까? 명상을 해보는 게 어때."

사회생활을 시작한 후로 내 성격 역시 급해졌다. 나뿐만 아니라 대부분의 주변 사람들은 급하다. 마치 주변 사람이 무생물인 듯 서울 지하철에서는 서로를 아무렇지도 않게 밀치며 자신의 길을 가는 사람들투성이고, 인건비를 아끼기 위해 한 사람에게 두 사람 이상의 몫을 강요하는 회사에 다녔을 적에는 숨 돌릴 틈도 없었다. 나는 그다지 출중한 능력을 갖지 못해 한 가지 직업으로는 안정적으로 살기 어려웠다. 그럼에도 정신줄을 잡고 모든 일을 무리 없이 해내는 까닭은 경력이 어느 정도 쌓여 일에 요령이 붙었고, 명상 효과인지는 확신할 수 없으나 집중력이 좋아져서다. 우선순위 정하기, 하나의 일을 매듭짓고 다음으로 넘어가기. 이 두 가지를 잘 지키면 야근 없이도 생산성을 일정하게 유지하게 된다. 복합적인 훈련의 결과겠지만 결국 몰입과 집중에 필요한 재료는 아무래도 차분한 성격 같다. 일정한 리듬으로 집중해야지만 긴 호흡의 업무에 내가 휩쓸리지 않는다. 산만함은 같은 일에 두 배의 시간을 필요로 한다면 몰입은 때때로 예상 소요 시간을 절반으로 단축시키기도 한다.

　　명상의 기본은 집중이다. 일반적으로 호흡에 포커스를 두는데, 코로 숨을 들이마실 때 폐를 부풀리고 배를 안쪽으로 당긴다. 코로 숨을 뱉을 때도 흉곽을 조이듯이, 배에 힘은 풀지 않고. 일련의 흐름을 반복하지만 언제든 마음은 산만해질 수 있다. 이때 내가 잡념에 사로잡혀 있는지 알아차린 다음 다시 호흡으로 주의를 돌린다. 보통 호흡을 하며 명상하지만, 음악 역시 좋은 코치다. 나는 유튜브로 명상 음악을 듣는데, 비 오는 날은 싱잉볼 음악을 택한다. 싱잉볼은 노래하는 그릇이란 의미로 3000년 전부터 티베트와 네팔 등지에서 시작한 마음 치유를 위한 명상 도구다. 그릇을 울림막대로 치거나 문질러서 소리와 진동을 느낄 수 있다. 녹음된 음악보다는 라이브 연주로 들을 때 더욱 마음 깊은 곳에서부터 눈물이 차오름을 느낀다. 소리 없는 눈물이 흐른다.

업무차 웰니스 스페이스에 인터뷰를 갔다가 싱잉볼 명상을 하는 지도자를 만나 싱잉볼 명상을 체험해본 적이 있다. 나는 누워 있었고, 명상 지도자는 내 가슴께에 손바닥 정도 크기의 주발을 올려두었다. 내 몸 주변에도 여러 크기의 싱잉볼이 놓여 있었고. 내가 편안한 호흡을 하며 눈을 감자 명상 지도자가 싱잉볼의 공명을 울리는 연주를 시작했다. 유독 예민하게 느껴지는 부위가 나의 균형이 깨진 지점이라고 했다. 파장이 몸 골고루 퍼지며 마음은 점점 차분해졌다.

그 뒤로 발리에서 비가 많이 내리던 이른 오후, 티벳티안 연주자들의 라이브 싱잉볼 연주를 듣게 되었다. 싱잉볼은 비와 유난히 잘 어울려서 나는 한없이 차분해졌고 깊은 평정심을 느꼈다. 번뇌로부터 벗어나 세상 속의 나와 존재로서의 나의 분리. 한 시간 반 명상이 지나고 숙소로 돌아와 보이차를 우려 마셨다. 열대 지방에 내리는 비는 추위와는 상관없지만 그래도 어떤 고요한 마음에는 내림 기운이 있는 차가 잘 어울렸다. 몸 깊은 곳이 순환하는 느낌까지도 마냥 좋았다.

넷플릭스 다큐멘터리 〈헤드 스페이스〉에 따르면 과학자들이 기능적 자기공명 영상법을 통해 명상하기 전과 하는 동안 그리고 명상한 후의 승려의 뇌가 변화하는 것을 목격했다고 한다. 근육을 단련하기 위해 피트니스 센터에서 운동하면 근육이 강해지는 것처럼 명상을 하면 행복을 담당하는 뇌 영역이 강화되어 긍정적인 감정을 오래 느낀다고. 명상을 지속적으로 하면 스트레스와 우울, 좌절이 줄어들고 행복과 인내심, 수용성이 더 높아진다는 것이다.

싱잉볼 명상은 신비롭지만 언제나 슬픔이 찾아왔다. 마치 마음 한구석의 불균형이 해소될 때마다 그 잔존물인 눈물이 배출되는 기분이다. 비 오는 날이면 항상 싱잉볼 음악을 틀어놓고 명상을 한다. 평소보다 더 깊게 내면의 세계에 빠지고 나는 극도로 차분한 상태가 된다. 평정심. 일을 추진하는 힘은 조급함이 아니라 차분함에 있음을 알게 해준 깨달음이다.

'멍 때리기'가
필요한 이유

"오카쿠라 덴신이 관 뚜껑을 열고 나올 것 같은 가게네요."

점심을 먹고 슈퍼말차라는 카페에 갔다. 이 말차 카페는 로봇이 차선을 휘저어 차를 만들고 말차 패키지에는 교토 어디에서도 볼 수 없었던 모더니티가 가득하다. 일본 고유의 다도 문화에 자부심을 꾹꾹 담아 글을 쓴 티가 역력한 《차의 책》의 저자 오카쿠라 덴신이 이 가게에 왔다면 어떤 반응일지 상당히 궁금해질 정도로. 나는 뭔가 철학적이지도, 문화적 틀을 덧입히지도 않은 그저 '힙한 건강 음료' 콘셉트의 말차가 흥미로운 동시에 전통적인 다도에 아름다움을 느꼈던 터라 나의 마음 한구석이 살짝 어리둥절해졌다. 따뜻하게 마시는 말차는 메뉴에 없고 오직 콜드브루 말차뿐이라는 점도 슬펐다. 전통주의자가 믿고 있던 모든 걸 새롭게 접근하는 방식. 새로움이야말로 인류를 매료시키는 가장 확실한 방법이다. 미국에서 유행한다는 콜드브루 말차를 마신다. 다도 명인

센노 리큐가 만든 와비차를 택해 정신 수양을 할지, 미국발 콜드브루 말차의 편안한 방식을 따를지(실제로 작은 플라스틱 병에 넣어줬다)는 그저 선택에 불과했다. 무엇에 더 마음이 끌리는지에 따라 차를 대하는, 마시는 방식도 전혀 달라진다. 반면 말차를 왜 콜드브루로 내렸을지 궁금했는데, 녹차 특유의 떫은맛이 연해지고 항산화 성분인 폴리페놀이 더 많이 만들어진다고 한다. 녹차에는 마음을 안정시키는 엘테아닌이 풍부한데, 말차는 곱게 간 찻잎을 뜨거운 물에 넣고 거품기같이 생긴 대나무 차선으로 격불해 마시므로 이 같은 차의 성질을 강하게 드러낸다. 결과적으로 카페인이 가장 많은 차이기도 하니 따져보면 나처럼 카페인에 예민한 사람에게는 건강 음료라고 보긴 어렵긴 하다. 어쨌든 요즘 인기 있는 건강 음료로서 말차였다.

북유럽 인테리어와 함께 수입된 라이프스타일로 우리를 사로잡은 덴마크의 휘게, 스웨덴의 라곰은 이제 네덜란드의 닉센으로 넘어가고 있는 모습이다. 호기심 많은 나의 레이더에는 닉센(Niksen)이라는 신조어가 들어왔다. 아무것도 하지 않기(Doing nothing)란 뜻이다. 게으름을 피우거나, 뭔가 쓸모를 고려하지 않은 단순 활동도 포함한다. 마치 오래전부터 있었던 말차가 콜드브루를 입고 젊어졌듯이 닉센 또한 새로운 휴식법처럼 보이나 '멍 때리기'의 일종인가 싶어지는 그런 것. 아무래도 '목적 없이'가 포인트인 건가. 의자에 앉아 창밖을 내다보고 있거나(그러고 보면 종일 창문 앞에 앉아 바깥을 구경하는 고양이들이 닉센의 명수들이다), 화분에 물 주기, 뜨개질처럼 반자동으로 할 수 있는 단순함처럼. 마음이 방황하는 대로 자유롭게 놓아주고 무언가를 해내야 한다는 강박은 저 멀리 던져버리고 편안한 시간을 가져본다. OECD 국가 중 워라밸 랭킹 1위에 등극한 네덜란드의 휴식 기술이라고 하니 일에 지친 사람들에게 틈새 회복으로 닉센이 확실한 방법 같다. 경쟁에 지친 사람들 사이에서 아무것도 하지 않는 자체가 점점 더 긍정적인 자기 회복의 기술로 받아들여지고 있는데 우리나라에서도 숲멍처럼 캠핑하는 사람들의 휴식, 모빌멍처럼 실내에서도 각종 '멍'하게 있는 방법이 유행처럼 번지고 있다.

아무것도 하지 않을 때도 뇌는 혼자 일하고 있어서 잡념을 비운 줄 알았는데 갑자기 문제의 해결책을 찾거나 좋은 아이디어를 발견한다고. 그러니 생산성을 중시 여기는 이들에게도 닉센이 무용하지만은 않다. 의무감에서 나를 놓을 때 자유를 느낀다지만 닉센 역시 연습이 필요한 휴식법이다. 평소 생산적이고 바쁘게 살던 사람에게서 잠깐의 짬을 낸다는 자체가 빠르게 달리다가 갑자기 멈춰야 하는 것처럼 많은 전환 에너지를 필요로 하니까.

닉센의 단점으로는 지나치게 오래 아무것도 안 하는 상태가 지속된다면, 사실 나로서는 그게 가능한 부분인지는 모르겠으나 만일 그렇다면 특정 생각에 사로잡히는 상황이 생길 수도 있다고 한다. 나는 삶을 쉼으로 잔뜩 채워야 행복하다고 생각지 않는다. 어떤 활동을 마치면 성취감이 생기고 해냈다는 자기효능감이 높아지는데 나는 이때 뿌듯함을 느낄 때가 더 많다. 몸은 힘들어도 정신만큼은 상쾌해진다. 마음이 멋대로 방황하는 시간은 집중 안 되는 시간에 쉬어가라는 신호로 받아들인다.

자주 바뀌는 유행은 다소 피로하지만 시대정신을 드러낸다. 지금 열심히 달리는 모두가 일과 휴식의 적당한 리듬을 찾아가는 자신만의 방법을 만드는 시기인 건 아닐까? 느린 삶이 모두에게 통하지 않듯이 각자에게 맞는 휴식법은 다르다. 그러니 하나씩 해보는 수밖에. 나는 생산성에 하루 에너지의 3분의 2를 쓰고, 나머지는 일을 잊고 아무 생각 없이 가만히 있는다. 휴식 중에도 설거지와 빨래 개기를 미루지 않는데 하기 싫다는 저항감은 크게 없다. 그때만큼은 몸은 움직이지만 아무 생각도 하지 않아서였나 보다.

　나는 지금 닉센 중이다. 별다른 생각 없이 반복했던 단순 집안일에 이름을 붙여주니 뭔가 신선하고 새로운 활동이 된다.

아무것도 좋아하지 않으면
아무 데도 갈 수 없다

오스카 와일드는 윌리엄 터너 이전에는 런던에 안개가 없었다고 말했다. 예술가들은 전혀 다른 눈으로 세상을 바라보고 새로운 세계를 창조한다. 반면 내가 가진 시야는 늘 협소하다. 넓게 본다고 하지만 모르는 게 많고 경험하는 것도 제한적이다 보니 늘 다른 사람의 생각, 시선이 궁금해진다. 예술은 평소 보는 방식, 생각하는 방식, 느끼는 방식을 완전히 새롭게 재조합하는 감각적 자극을 선사한다. 지금까지와는 다른 시선으로 세상을 바라보는 매개체를 마주할 때 내게도 새로운 관점이 생기곤 했다. 영감적 휴식이 창의성을 발휘하는 데 반드시 필요한 까닭은 바로 이 때문이다.

회사원에게 주말은 일주일 중 가장 소중한 이틀이다. 여유로운 날, 자신이 무엇에 시간을 쓰는지 관찰하면 그게 바로 생계형 노동이 사라진 미래의 모습일지도 모른다. 토요일 아침 미술관, 일요일 아침 박물관. 나는 이틀에 하루 정도는 아침부터 서둘러 전시회를 찾는다. 두세 시간을 그곳에 머물며 작품을 감상하는데 예술품 자체의 기교나 완성도보다 예술가의 철학이나 문화적 배경을 수집하는 쪽에 더 관심이 간다. 기획 전시를 찾을 때마다 늘 커다란 입체 책 속을 거니는 느낌. 타인의 오묘한 생각 속을 산책하며 내 세계를 넓혀나간다. 국립현대미술관의 기획 전시 〈미술이 문학을 만났을 때〉의 전시 도입부에는 바이올린 협주곡이 흘러나왔다. 동시에 1934년 시인이자 소설가인 이상이 경성에 다방 '제비'를 열어 주변의 예술가들을 불러들였다는 이야기로 관람객을 그 시대로 데려갔다. 그의 친구인 화가 구본웅이 등장하고 쥘 르나르, 장 콕토, 미샤 엘먼이 연주하는 바이올린 협주곡, 르네 클레르의 영화처럼 그 당시 유명 예술가들에 대한 언급이 이어진다. 사교적이고 예술을 토론했을 교양인의 모습이 그려지지만, 이내 나는 그곳에 속할 수 없음을 깨닫는다. 시대가 달라서라기보다 나는 그저 탐미와 관찰의 역할을 맡을 뿐이라서.

미술관을 찾는 것도 좋지만, 더 다양한 자극을 경험하기 위해 찻자리를 꾸민다. 나는 차의 맛을 좋아하기보다 그 차를 마시는 과정과 무엇보다 '찻자리'라는 꾸밈을 좋아한다. 차를 우리기에 적합한 다구, 꽃을 아름답게 놓은 순간. 커다란 도록을 펼치고 오리지널 그림보다는 못하지만 어떤 시각적인 자극을 선사하는 그림을 살펴본다. 귀에는 듣기 좋은 클래식이 이어진다. 드뷔시의 피아노 3중주 G장조는 몇 번을 들어도 꿈속을 헤매는 거 같아서 좋아하는 곡이다. 그러니까 이 모든 취향이 나를 쉬게 한다. 숲이나 바다에서 감상하는 자연적인 아름다움은 자연의 일부인 인간의 동물적 감상에 가까운 자극이 있다면, 나와 다른 사람이 창조한 아름다움을 감상하고 이해하는 것은 타인이라는 우주를 엿보는 색다른 감정을 선사한다. 문화적 자극이라 부르는 것이다.

눈 오는 날의 백호은침을 마시는 찻자리. 흰 솜털이 보송보송한 백호은침의 싹을 구경하고 난 다음, 백자 개완에 담는다. 조화롭게 어울린다. 다른 중국차에 비해 시간을 두고 천천히 우려낸 백호은침을 홍두현 도예가의 찻잔에 담아 서두르지 않고 차 맛을 감상한다. 물의 온도를 더 낮춰서 우려볼까, 고민하기도 한다. 내 눈은 환기미술관에서 사 온 책《김환기의 그랜드 투어 파리 통신》속 달항아리 그림으로 가 있고, 귀에는 여전히 트리오 가온이 연주하는 드뷔시의 곡이 흘러들어온다. 나의 관심사는 일정하게 흐른다. 아름다운 것, 독특한 시선으로 세상을 바라보았던 예술가의 시선을 탐닉하는 것. 그 정도로도 나는 세상의 시름을 잊고 편안해진다.

　나에게는 확고한 예술 취향이 없다. 여러 종류의 티를 한 박스에 모아둔 샘플러에서 티백 하나씩 꺼내 마시는 사람처럼 예술을 가볍게 맛본다. 어떤 날은 1977년 영화〈발렌티노〉의 한 장면인 루돌프 누레예프가 탱고를 추는 장면을 유튜브 클립 영상으로 감상하고, 또 다른 날은 정구호 예술 감독이 연출한〈묵향〉과〈향연〉의 전통 무용 공연장을 찾는다. 마이크로 취향의 시대를 살면서 아무것도 좋아하는 것이 없어요,라고 하는 것은 자신을 설명하는 말이 되지 못한다. 하다못해 티셔츠 하나라도 자기가 좋아하는 이유나 특정 브랜드, 그리고 이 옷이 어디에서 어떻게 만들어졌는지 설명해야 취향임을 인정받는다. 세세하게 설명할 수 있는 경험치가 높을수록 전문가가 되는 거고. 조금 피로할 수도 있지만, 발전적인 측면에서 보자면 아무것도 좋아하지 않으면 아무 데도 갈 수 없다.

　나는 관심사의 폭을 넓히는 동안 내 취향의 경계가 허물어진 감이 있다. 아마도 휴식의 관점에서 예술에 접근하기 때

문일 테다. 영감을 불어넣는 쉼에 있어서는 여러 자극을 받는 쪽이 낫고, 덕분에 창의적 에너지를 다양한 색으로 채운다는 장점은 있다. 오늘은 합스부르크 왕가의 소장품을 구경하러 나갈 참이다.

초콜릿과 8만 달러의
위로

가끔 누군가 나를 안아주면서 힘든 거 알아, 곧 괜찮아질 거야. 여기 초콜릿과 8만 달러를 받아, 라고 말해주면 좋겠다.
(Sometimes, I just want someone to hug me and say, I know it's hard. You are going to be okay. Here is chocolate and 8million dollars.)

우연히 접한 글귀에 고개가 절로 끄덕여졌다. 말뿐인 위로보다 실질적인 도움을 주는 쪽이 낫겠다는 생각을 늘 가지고 살았으니까. 반면에 어쩌다 누군가에게 혹은 나에게 건네는 위로마저도 물질적인 보상이 뒷받침되어야 하나, 하는 생각이 들기도 한다. 감정은 형태가 없어서 어떤 식으로든 보이는 것으로 기분을 풀어야 하나, 내 감정을 깊게 들여다보기 무서워서 도피를 하는 건가. 출근길 핸드폰을 붙잡고 온라인 몰을 샅샅이 뒤지며 장바구니에 당장 필요하지 않은 물건을 담아 두거나, 통장에 돈이 얼마 없어도 무리해 여행을 떠난다거나, 게임처럼 현실을 잊게 하는 콘텐츠에 빠져들거나… 점점 유료 결제 없이 생생한 감정을 자연스럽게 느끼기 어려워진다.

만성화된 정신적 피로는 감정적 피폐를 불러온다. 요즘 나는 혹시 감정이 죽어버렸는지 확인하곤 한다. 감정은 우리를 어느 방향으로 움직일지 결정하는 나침반 같은 존재다. 두려움은 위험을 피하게 하고 불안은 대비를 부추기듯이 감정이 제대로 기능하지 않으면 삶의 방향을 잃게 된다. 누군가 나를 따돌리면 화가 나고, 욕을 먹으면 두 배 세 배로 갚아준다고 분노하는 것 역시 우리가 살아 있어서다. 상실감으로 슬퍼할 때도 마찬가지고. 행복감도 그렇다. 감정적 죽음은 어떤 자극도 크게 받아들이지 않거나 느끼지 못하는 상태로 몸을 움직이지 않으면 건강이 나빠지듯 감정이 무뎌지는 것은 결코 좋은 신호가 아니다. 그러나 나는 오랫동안 감정적으로 구는 자체가 유치하고 어른스럽지 못하다고 생각했다. 평정심을 길러야 한다고 다짐했지만 감정 기복은 쉬이 사라지지 않았다. 하지만 시간문제였다. 나이가 들수록 감정적 죽음을 고민할 만큼 웬만한 일에는 무디게 반응한다. 어른으로 오래 살면서 자연스럽게 철이 들어서도 아니고 명상 같은 수행, 타인과 나를 이해하기 위해 읽은 여러 책 때문도 아니다. 더 큰 이유는 감정적으로 대응할 에너지가 부족해서다. 깊게 생각하기 지친 나머지 자신에게 일어난 삶의 비극도 희극도 주인공 아닌 구경꾼으로 바라보게 된다. 최대한 멀리서, 마치 남에게 일어난 일처럼. 최대한 감정적 피로를 겪지 않으려고 자기를 객관화하는 데 능해진 게 아니다.

지금의 나는 책이나 영화 속 남의 행복과 불행을 대리 경험하면서 감정이 살아 있는지 점검하며 산다. 미드 〈그레이스 앤 프랭키〉에 나오는 그레이스의 딸 브리아나는 혼자서 강아지가 나오는 영화를 잔뜩 보며 우는 날을 정해둔다. 아마 1년에 한 번이었으리라. 그녀는 냉정한 성격의 뷰티 브랜드 CEO로 사람에게 연민을 느끼기보다 귀여운 강아지가 슬픈 일을 당할 때 눈물을 흘리는 캐릭터다. 나는 웅담 채취로 고통받던 사육 곰이 탈출해서 사살당했다는 뉴스, 염전 노예로 팔려 가 가족과 생이별을 했다는 사람의 사연을 읽고 펑펑 운다. 개인적으로 전혀 유대가 없는 곰과 타인인데도 과한 감정 이입을 한다. 아마 자유를 박탈당하는 경우에서 슬픔을 크게 느끼나 보다.

가끔씩 행복을 느끼기 위해 불행한 상상을 한다. 그러면 내가 지금 소중히 여기는 것을 알 수 있다. 행복한 상상은 결핍을 보여주지만 불행한 상상은 '이미 가진 것을 잃게 된다면?'에 대한 역설로 현실의 만족을 의미하기에 그렇다. 영화나 소설 같은 허구의 이야기는 상상 대행 서비스다. 작가나 감독의 상상을 구경하는 값만 지불하면 된다. 허구 속 타인의 불행을 보며 상대적으로 안온한 내 상황을 만족스러워하는 샤덴프로이데(Schadenfreude)를 죄책감 없이 느껴도 괜찮고. 가짜임을 알기에 내가 나쁜 사람처럼 느껴지지도 않은 채 그게 뭐라고 지금 나보다 훨씬 불행한 가짜 이야기에 위안을 얻는다. 현실에서 사촌이 땅을 사면 나의 처지와 비교되어 이내 슬퍼지지만, 내가 응원하는 드라마 속 주인공이 땅을 사면 대리 만족을 느낀다. 나는 이미 주인공의 서사를 함께하고 있어서다. 소설도 이와 비슷하나 머릿속에서 수시로 그 장면을 만들어 봐야 하기에 다소 적극성이 있어야 한다. 영상은 이미 완성품이어서 아무 생각 없이 그 세계를 바라보면 그만이다. 이 모두는 영상이 재생되는 순간에만 존재해서 보고 나면 오래 기억나는 이야기나 장면은 별로 없다. 스크린 속 가상 공간을 신처럼 내려다보는 즐거움은 생각보다 오래가지 않는다. 몇 시간동안 누워서 현실을 잊고 있다가도 찌뿌둥한 몸이 운동화를 신게 하고, 피로한 눈이 하늘을 보라고 한다. 걸으면서 멍한

머리를 털어낸다. 여운이나 울림이 있는 영화를 보면 내내 곱 씹기도 한다. 아직 내 감정은 회생 가능성이 있나 보다.

어둠이 짙게 내려앉은 밤, 슬픔도 기쁨도 아무 감정도 스미지 않는 이런 상태를 평온이라 부르던가, 하는 마음이 스밀 때 굿 나이트 티로 캐모마일 차가 담긴 찻잔의 온기를 꼭 쥔다. 나는 아마 감정적으로 크게 동요하지 않는 고요한 상태를 만들기 위해 부단히 노력해왔는지도 모른다. 때가 되어서 잔잔해진지도 모르겠고. 다행인지 불행인지 생생한 감정을 수시로 느끼고 실시간으로 반응하는 시기는 지났다. 어딘가 들떠 있는 모습도 없다. 늘 환하게 웃지도 내내 불행하지도 않다. 세월에 마모되어 뾰족한 모든 것이 둥글게 깎여 나간 상태. 건강 문제, 하향세로 돌아선 커리어 그래프, 실패한 투자, 아무래도 싫지만 꼭 마주쳐야 하는 사람도 문제 되지 않는 밤이다.

4

느슨하게 산다

나는 내게 좋은 사람

할 일이 없다면 만들어서라도 한다. 아무것도 하지 않고 무료하게 시간만 보내고 있으면 흘러가는 삶이 아깝다. 내가 무가치하게 느껴지기도 한다. 말 그대로 지친 몸이 쉬는 에너지 충전 차원의 휴식이 아니라면 여유 시간에 하는 모든 취미 생활 역시 일과 연결되어 있거나 나를 발전시키는 방향으로 흐른다. 내 일상은 하고 싶은 일로 촘촘히 이뤄져 있고 이게 바로 내가 원하는 삶이기에 만족한다… 흠, 사실 그렇다고 믿었다. 만성화된 노동이 당연해서 쉼마저 노동으로 치환하고 말았던 나는 그저 불안에 찌든 현대인임을 뒤늦게 알아버렸지만.

번아웃과 인생 권태기는 나도 모르는 사이, 강도를 가늠할 수 없이 찾아오곤 한다. 하루 이틀 쉬면 괜찮아지는 지친 상태, 몇 개월 동안 고민하다 당분간 쉬어야겠다 생각할 수도 있고. 혹사시킨 심신에 병이 나면 일을 멈춰야 할 때도 생긴다. 그때 과감히 쉬고 다시 도전하게 하는 밑천은 엄청난 스트레스를 받으며 단련한 일 근육, 코어 업무 기술이기도 하니 결국 어떤 시간에서든 잃기만 한 것은 아니다. 그러니 부디 지금의 치열한 삶을 보물처럼 여길 수 있기를.

세월이 흐를수록 삶은 부드럽게 흘러간다. 지나온 시간에서 점점 더 내려놓는 법을 배우고 진정한 자유란 의식하지 않을 때, 별다른 기대가 없고 과한 바람을 품지 않을 때 찾아옴도 알게 된다. 그러나 머리로 아는 것과 실제 마음이 느끼는 것은 다르다. 그러니 지금 내 감정을 피하지 않고 마주하며 불필요한 긴장을 내려놓는다. 느슨한 마음이 나를 구한다.

보편적인 삶을 찾아서

세상에는 정해진 코스가 있다. 학업을 마치고 나면 직업을 갖고 돈을 번다. 그 사이에 결혼, 출산, 육아 그리고 노년에 은퇴한 뒤 세상과 작별하기. 표준적인 생애 주기다. 피로 사회의 탄생, 상대적 박탈감은 모두 표준 코스대로 살아가는 이들 사이의 경쟁이 그 원인이다. 코스의 정석대로 사는 사람들의 목소리는 크고, 그 때문에 어떤 사정으로든 그 코스에서 일탈한 사람들은 겨우 목소리를 내며 소외감을 느낀다. "평범하게 살고 싶었을 뿐인데…"의 평범함이란 표준 코스를 밟고 싶었다는 의미지만 저마다 돌아가는 상황과 사정은 다르다. 톨스토이의 소설 《안나 카레니나》의 가장 유명한 첫 문장, 행복한 가정은 모두 비슷한 이유로 행복하지만 불행한 가정은 저마다의 이유로 불행한 것처럼.

돌이켜보면 까마득하지만 갓 사회에 나왔을 때가 가장

무서웠다. 나는 과연 제 한몫하며 살 수 있을까? 과거의 나처럼 청년이 가지는 불안이 전 세계적인 현상인지 이를 대표하는 'QLC'란 단어도 있다. Quarter-Life Crisis의 약자로 이를테면 청년 위기다. 이는 가정과 학교의 보호를 받던 청년이 사회의 경쟁에 뛰어들 때 느끼는 무력감 등을 의미하는데 한마디로 직업, 관계 등 삶이 자신이 바라는 대로 되지 않을 때 느끼는 공포로 25~35세 전 세계 청년의 3분의 2가 겪는 문제라고 한다. 가까운 친구가 좋은 회사에 취업하고 나는 여전히 백수일 때 심리적 거리가 점점 멀어졌고, 나만 남겨두고 친구들이 모두 결혼을 하자 겨우 이어온 교류도 사라졌다. 사회에서 진짜 친구를 찾지 못한다는 의미를 알게 되기도 한다. 자신에게 득이 되거나 비슷한 수준이 아니라고 판단하면 그 무리에 껴주지 않으니까.

　나 역시 같은 나이에 실력이 좋아 높은 연봉을 받거나 '대표'란 이름으로 불리며 회사를 운영하는 사람을 만나면 자신이 한없이 초라해지는 기분을 느낀다. 출발 지점이 전혀 다르다는 것을 머리로는 알지만 어떤 좌절감은 피할 길이 없다. 좌절이 깊어지면 아무 노력도 하고 싶지 않다. 사람은 더 높은 자리에 오르고 그 보상인 더 많은 전리품을 챙겨서 자신의 유전자를 물려받은 사람에게 넘겨주고 싶어 한다. 과거 영토 전쟁과 다를 바 없다. 표준 코스의 목적은 바로 그것이니 자연스러운 반응이다. 비옥한 토지는 한정되어 있으므로 누가 하나를 얻으면 그만큼의 기회가 사라지는 법. 진짜 자유롭고 싶다면 경쟁에서 떠나면 된다.

나는 영국인 셰프 고든 램지가 여는 레스토랑을 이끌 헤드 셰프 자리와 상금을 두고 경쟁하는 리얼리티 요리 쇼인 〈헬스 키친〉을 곧잘 보는데, 그 쇼는 경쟁 사회의 축소판이다. 대결을 벌이고 결과에 따른 상벌이 확실하며 경연에서 지면 누군가는 떠나야 하는 구조로 그 방식이 매우 잔인하다. 참여자들은 요리 실력이나 리더십이 부족하다는 평가로 탈락하기도 하지만 극심한 스트레스로 건강이 나빠져 병원에 입원한 후 다시 돌아오지 않거나 그 압박감을 못 이겨 자신은 경쟁적인 상황이 행복하지 않고 헤드 셰프가 될 준비가 되지 않았다며 스스로 경연장을 떠나기도 한다. 참여자들은 자신의 우승을 위해 떨어트릴 사람을 골라야 하므로 서로 미워하고 헐뜯고, 평가하고 동맹을 맺어 한 사람을 공격하는 등 다양한 공작질을 펼치기도 한다. 쇼 안에서 생살여탈권을 쥔 고든 램지는 자신의 권력을 주저 없이 휘두른다. 과격하게도 슬프고, 씁쓸한 재미를 전하는 쇼라고 생각한다. 나는 수많은 시리즈 중 두 개의 시즌을 처음부터 끝까지 보았는데 우승자의 공통점은 차분함이었다. 가장 뛰어난 요리 실력을 가진 사람이라기보다 어떤 상황에서도 냉정함을 유지하는 차분함과 팀을 효율적으로 이끄는 리더십이 있어야 헤드 셰프가 되었다. 그들은 대부분의 에피소드에서 크게 눈에 띄지 않았다. 말이 많지도 않았고, 개인 요리 대결에서 늘 상위권을 차지하지도 않았다. 각기 다른 시즌임에도 비슷한 분위기의 사람이 우승했는데, 이 같은 역량이 끝까지 살아남는 비결인지도 모르겠다. 쉽사리 휘말리거나 흔들리지 않는 것. 한편으로는 행복과 건강을 이유로 경쟁에서 떠난 이들은 각자 원하는 삶을 찾았는지도 궁금하다.

필멸의 존재인 우리는 정해진 수명에 얽매인 채 이루고자 하는 일들을 스스로 만들고, 그 코스를 거치는 동안 내가 얼마나 성장했는지, 내 삶의 질은 타인의 그것보다 나은지를 기준으로 자신의 처지를 파악하곤 한다. 우리는 욕심이 많다. 뜻대로 되지 않을 때 좌절하고, 열과 성을 다해 매달린 일이 끝나면 결과에 상관없이 허무함을 느낀다. 가끔 패잔병 같은 청춘의 시기를 떠올린다. 다시 오지 않을 그때의 고민과 걱정은 지났다. 세월의 흐름 속에서 기억조차 희미하지만, 그때로 다시 돌아간다면 나의 모든 헛발질을 포용하겠노라고. 늘 실패만 하지도 않았고, 손에 꼽는 잔잔한 성공은 칭찬받을 만하다고. 앞서 나가는 사람이란 없는지도 모른다. 다들 자기 자리에서 고군분투하고 있음도 잘 안다. 같은 시대를 살아가는 경쟁자는 때때로 나와 가장 닮은 동료이기도 하다.

소셜미디어는
인생의 낭비

'세상에는 이렇게 부자인 사람도 있구나, 이런 삶도 가능한 거구나.' 타워팰리스에 살던 20대 또래가 해외 골프 여행 중 기천만 원의 돈을 현금으로 들고 환전해야겠다는 인증 사진을 올린 블로그를 발견하고 충격받았던 날이 아직도 생생하다. 당시 나는 끊임없는 아르바이트로 용돈을 벌고 있었다. 늘 좋은 곳에 가고, 질 좋은 물건을 갖고 있는 그들은 현실의 나와 비교 불가한 화려한 삶을 포스팅했다. 그때의 나는 나 자신이 실재보다 훨씬 더 가난하게 느껴졌고, 삶이 몹시 가혹하다 불평했다. 20대는 몸은 자랐지만 정신까지 다 큰 어른이라고 보긴 어렵다. 최근 찾아본 기사에서 10대 여성 청소년의 정신 건강에 인스타그램이 해롭다는 연구 결과가 있다고 했다. 인플루언서와 자신의 삶을 끊임없이 비교하며 절망한다는 쉽게 유추할 만한 내용이다. 해결 방법은 소셜미디어 사용 시간 줄이기! 조금 식상하게 들리는 해결책 아닌가.

다른 소셜미디어와는 달리 유독 인스타그램에서만큼은 대부분 행복을 전시한다. 기분처럼 쉽게 전염되는 것도 없어서인지 우울한 이야기는 그 행복한 세상에 남기기 꺼려진다. 다들 새로운 곳에 가봤고, 어떤 선물을 받았으며, 강아지가 있고, 누구와 친하고, 어떤 브랜드를 좋아한다고 이야기하는데, 내 삶의 고통을 타임라인에 오점으로 남기지 못한다. 여러 사람의 감정과 경험이 넘실대는 일상을 한눈에 둘러보고 나면 기이하게 완벽한 2004년 영화 〈스텝포드 와이프〉에 나오는 세상 같다. 다른 사람의 일상을 구독하며 나와 수준이 다른 행복에 질투와 부러움으로 허우적거리다가 알고리즘이 추천하는 재미있는 영상에 깔깔 웃기도 한다. 무의미하게 피식거리는 영상 따위에 시간을 빼앗긴다. 잠깐의 머리 식힘이 아닌 절대 빠져나가지 못하는 덫처럼 나를 옭아맨다.

이제 20년 정도 된 소셜미디어 사용 경력자이자 상대적 박탈감으로 비참함을 꽤 느껴본 나는 이전만큼 타인의 삶에 강렬한 질투와 좌절감을 느끼진 않는다. 체념했다기보다 관점의 변화다. 한마디로 부러운 사람들이 적극적으로 뿌려주는 데이터를 관찰하는 쪽으로 변했다. 요즘 돈이 있는 사람들이 좋아하는 것은 무엇이구나, 업무적으로는 그들이 지갑을 열 만한 것을 기획하고 개인적으로는 투자의 방향으로 삼는다. 그냥 트렌드라고 보면 개인의 삶과 비교하기보다 객관적인 눈을 가지게 된다. 가장 중요한 포인트는 살다가 누군가 또는 어떤 상황에 부러움이 생기면 일단 그 분야를 공부하고 볼 것. 그다음에 실망, 좌절, 실행, 성취든 하면 된다. 외모는 날 때부터 타고난 것이라 감탄밖엔 할 수 없지만, 부유함이 부럽다면 부자들이 어떻게 돈을 버는지 궁금하지 않은가? 유명인이 이배 작가의 작품 앞에서 늘 인터뷰 사진을 찍는 이유는 그가 보유한 작품의 인지도를 높여 작품 값을 올리려고인가, 가정하며 접근할 수도 있고. 작품에 유명인이 보유한 작품이라는 이력이 붙으면 가치가 더 뛴다고 하니 말이다. 내가 구독하는 계정은 내 관심사를 드러내고, 그들은 내 취향에 가까운 삶을 살아간다. 그들처럼 되려면 현실에서의 공부와 실천이 뒤따라야 하지만 머리로는 알아도 실행하는 사람은 극히 드물다. 사실 별세계 사람들보다 가까운 사람들의 행복한 현실을 나와 비교하는 경우가 더 많을 것이다. 하지만 기억해야 할 것은 보이는 게 전부가 아니다. 내가 가상의 공간에 즐거운 오늘을 포스팅한다 해서 나의 365일이 기쁨으로 가득 차지 않은 것과 같다.

나는 현실에서 배움에 시간을 더 많이 쓰게 된 이후로는 자연스럽게 소셜미디어 사용 시간이 줄었다. 소셜미디어는 산만해서 진지한 탐구를 방해하는 건 확실하다. "(중략) 차라리 도서관에 가서 책을 읽으세요. SNS는 시간 낭비입니다." 전 축구 감독 알렉스 퍼거슨이 소속 팀 선수가 트위터에서 물의를 빚자 한 인터뷰에서 남긴 말처럼 나도 책을 더 많이 읽는 쪽이 삶에 훨씬 더 많은 도움이 된다고 생각한다. 그러나 SNS가 단순한 시간 낭비라고 여기지도 않는다. 누구나 자신의 삶에 힌트를 얻기 위해 참고할 만한 타인이 필요하다. 롤모델이라고도 불리는 누군가. 나는 소설이나 실존 인물의 서사나 혜안이 담긴 실용서를 훨씬 더 많이 참고하는 편이긴 하지만, SNS에서는 큰 노력 없이도 내가 궁금해하는 사람들의 삶이 전 세계에서 실시간으로 전송된다. 이 피상적인 정보를 보며 대리만족에서 그치면 아무것도 얻지 못한다. 이들에게서 내가 얻는 것은 키워드, 단지 힌트에 불과하다. 빅데이터라고도 불리는 수많은 이들이 흘리는 삶의 빵 쪼가리를 따라가다 보면 내가 더 알고 싶은 분야가 등장한다. 부정적인 감정, 상황을 자신에게 유리하게 쓰는 사람만이 SNS에서 살아남는다. 아니, 그보다는 건강한 현실을 꾸려나간다.

쉬어가라는
몸의 신호

청년 때의 위기는 사회에서 펼쳐지는 의자 뺏기 게임의 문제였지만, 갓 중년에 접어든 나는 보다 실질적인 위기를 맞이하고 있다. 여전히 의자에 앉아 돈 버는 이야기에 눈을 빛내고, 남들의 성취가 내적 자극이 되고 세상일에 관심이 가득하다면 건강한 몸 상태. 평소 하던 일도 귀찮아지고, 아무런 의욕이 생기지 않는다면 더 이상 건강검진을 미뤄서는 안 된다! 병이 생겼을지도 모르니까. 나는 최근에 불면증과 탈모에 시달렸는데 이는 빈혈로 인한 증상이었다. 당장 고통스럽지 않은 작은 증상을 단순 노화로 치부했던 탓에 나도 모르게 병을 더 키워갔다. 이 나이는 처음이었고, 나이 들면 으레 몸 구석구석이 고장 나기 마련이라서.

　그러다 내 몸에 문제가 생겼구나, 하는 확신은 평소와 다른 의욕 지수에서 왔다. 아침부터 저녁까지 공부와 운동으로 알차게 살던 나는 어느 날부터 아침에 일어나고 싶지 않았고,

저녁에 습관처럼 가던 요가 수업에서 쉽게 하던 동작을 따라 하지 못했다. 운동 후에는 현기증이 나거나, 계단을 오르면 유독 숨이 많이 찼다. 어느 날부터 경제신문을 외면했고, 업무도 내팽개치고 그냥 누워만 있고 싶었다. 아무것도 하고 싶지 않았다. 나의 정신 상태가 나약해서도, 업무에 스트레스를 받아서도 아닌 단지 몸에 병이 생겼다는 증거였을 뿐인데 그걸 눈치채지 못해 내가 왜 이러나, 했던 시기. 나는 몸이 보내는 신호를 또다시 가벼이 여겼다.

나와 비슷한 나이거나 좀 더 나이가 든 직장 동료들 대부분이 십중팔구 몸이 아파 퇴사를 했다. 마흔부터는 지나치게 흔한 일이다. 청년의 나는 '여기는 내 자리가 아니야. 다른 의자를 찾아야겠어' 하는 불안하나 미래지향적인 눈빛이라면 중년은 '그래, 더는 몸이 아파 일하지 못해. 일단 살고 봐야겠어' 하며 오랫동안 앉아 있었던 의자를 미련 없이 내팽개치고 자리를 떠난다. '어떻게든 먹고살 수 있겠지! 이때를 대비해 모아놓은 돈도 있으니까 괜찮을 거야'라고 위로한다. 연륜은 그냥 얻어지지 않는다. 과거의 실수를 조금씩 바로잡으면서 완벽하지는 않아도 그때보다 조금은 더 나아지려고 하는 마음가짐에서 생기는 법이다.

치료받기 전까지 온갖 최악의 경우를 가정하며 스스로를 정신적 궁지로 몰던 나는 '실컷 자기 연민에 빠졌으니 이제 할 일을 하자'고 내 상황을 수용했다. 병에 걸려 좋은 점에 대해 애써 생각하기도 한다. 먼저 삶의 우선순위가 성취보다는 살아가는 그 자체로 바뀐다. 푹 자고 일어나 식사를 하고 책을 읽고 산책을 하는 정도로 MSG 무첨가 일상의 소중함을 다시금 느낀다. 건강할 때는 필요보다 많은 물질적 욕심을 부리곤 했다. 건강함이 가져다준 의욕에 가득 차 병에 걸리는 과오도 있었고, 균형 잡힌 삶이란 순식간에 무너지기도 하며 완전한 건강은 도달하지 못할 목표다. 내가 세상에서 가장 부러운 사람은 상급병원을 어떻게 이용해야 하는지 알지 못하는 사람, 이렇다 할 큰 병 없이 잔잔하게 나이 드는 사람이다.

어느 날 병원 진료실을 나와 궁금하지만 너무 소소해서 차마 의사에게 묻지 못했던 여러 의문을 인터넷 검색으로 열심히 찾아보고 있던 차에 반가운 메시지를 받았다.

선배: 주말에 화사한 계획이 있나?

나: 아니요. 저처럼 신나는 것과 멀게 사는 사람도 없을 듯.

선배: 아차산에 가자. (빈혈인 너에겐) 편한 산행이 될 거야.

  오랜만에 연락하는 선배가 어느새 아웃도어형 인간이
되어 있을 줄이야. 나의 몸 상태가 조금 부담스럽긴 하지만
산에 가기로 한다. 앞으로 수술 후 회복하는 두 달 동안은 하
지 못하는 등산이라서가 아니다. 사람들과 시간을 많이 보내
고 싶어서 나는 거절할 마음이 들지 않았다. 일에 대부분의
시간을 썼던 사람은 죽음을 앞두고 가족이나 소중한 사람과
시간을 많이 보내지 못했던 점을 후회한다고 말한다. 조금씩
고장 나고 병드는 내 몸을 잘 추스르는 게 나이 드는 내가 해
야 할 전부는 아니다. 생의 마지막에 조금은 덜 후회하도록
주변 사람들과 보내는 시간을 귀하게 여기기로 한다.

업무 프로젝트가 언제나 첫 번째였던 나, 자립 생활이 전부였던 나에게 삶의 방향을 재정비하는 시기가 찾아왔다. 이렇다 할 계기가 없으면 사람은 쉽게 바뀌지 않는다. 위기의 다른 이름은 변화일지도. 자연스레 여생을 어떻게 살아가야 할지 고민한다. 살면서 생기는 일 중 무의미한 사건은 없다.

퇴사는
시간을 새롭게 사용하는 기회

지금으로부터 4년 전, 나는 퇴사했다. 코로나 시대 시작 즈음까지 1년여를 집에서 일하고, 건강에만 신경 썼던 때다. 당시 퇴사 이유는 다니던 회사가 내가 소속되어 있는 신사업 부서를 접기로 결정하면서 이뤄진 반강제 퇴사였다. 새로운 부서에 배치될 수도 있었지만, 지방으로 가야 했기에 사실상 나가라는 소리와 다를 바도 없었고. 대부분의 시간을 불안 시뮬레이션을 하며 지내서인지 그런 상황에도 나는 덤덤한 쪽에 속했다. 퇴사를 하면 크게 두 가지가 사라진다. 매달 꼬박꼬박 들어오는 일의 대가, 같이 일했던 동료들. 퇴사 후 업무로 연락했던 거래처 사람이 내가 그 회사에 다니지 않는다는 사실을 알게 되면 당황한 목소리로 가벼운 사과를 하기도 한다. 아마 번거롭게 했다는 의미일 것이다. 퇴사로 인해 과거에 분명히 존재했던 내가 지워진다. 그렇게 서서히 회사에서 알게 된 모두와 연락이 끊긴다. 친했던 몇몇 동료는 남지만,

예전처럼 매일 볼 수 있는 사이는 아니다. 언제나 가장 큰 스트레스는 사람에게서 받는다. 크고 작게 싫은 사람은 분명 있다. 그러나 퇴사는 망각이란 마법을 일으켜서 미움은 희미해진다. 사람 자체가 아쉽다기보다 세상이 나를 잊은 것만 같아 내가 아무도 아니구나 싶을 때, 변해버린 상황에 적응하기까지 약간 시간이 걸린다.

당시 갑작스러운 퇴사였기에 어떤 계획도 없었다. 함께 퇴사한 동료 중 한 명은 산티아고 순례길에 갔다고 들었지만, 나는 집에서 대부분 투명 인간처럼 살며 극히 적은 사회적 교류와 틀에 박힌 루틴의 연속에 살았다. 무료했지만 딱히 스트레스가 없었고 늘 쉬고 있기에 컨디션이 참 좋았다. 집에서 자는 시간은 밤 10시. 그때부터 새벽 2시까지는 세포를 재건하는 황금 시간대이니 저녁 9시에는 침대에 눕는다. 깨끗하게 세탁한 파자마로 갈아입고 새로 교체한 면 베갯잇을 손으로 쓸어 깔끔하게 정돈한 뒤다. 아주 낮은 조도의 램프를 켜고 따뜻한 소설을 읽는 시간을 보내며 잠들기 전까지 충분히 이완한다.

아침, 알람 없이 내 몸이 원하는 시간 혹은 해가 뜨는 시간에 맞춰 자연스럽게 기상한다. 출근하지 않으니 시계를 확

인할 필요도 없다. 굳은 몸을 적당히 움직인 후 몸이 깨어났다 느껴지면 요가 스트레칭을 20분 정도 한다. 시간에 구애받지 않으므로 그날의 컨디션에 따라 운동 시간은 달라진다. 내겐 아침 식사가 중요하므로 탄단지 비율을 맞춘 식사를 한다. 퇴사를 했지만, 나의 다른 직업은 남아 있다. 바로 작가로서의 삶이다. 오전에 집중해 집필을 하고 나면 점심은 가볍게 먹거나 배가 고프지 않으면 건너뛴다.

만약 가벼운 요깃거리라도 먹었다면 두 시간이 지난 후에 산책을 다녀온다. 햇볕을 가득 받기 위해 무조건 밖으로.

오후에는 외출이 필요한 일을 한다. 많이 걷는다. 저녁은 잠들기 네 시간 전에 먹는 게 좋으니까 식사 시간은 5시에 직접 요리해 끼니를 챙긴다. 잡곡밥, 채소가 가득한 한 상, 저녁에는 반드시 낫토, 두부, 두유 중 하나를 꼭 먹을 것,이라고 정해뒀다. 일종의 습관처럼 콩 종류의 음식을 먹는다. 요가는 이른 저녁에 가고, 요가에 가지 않는 날은 밥을 먹기 전에 따뜻한 샤워를, 운동을 하는 날에는 운동 후 샤워를 한다. 남은 저녁 시간에는 공부를 한다. 저녁에 공부하면 자는 동안 뇌의 되새김질로 내 것이 된다고 하지 않나. 그래서 단어 공부도 책 읽기도 저녁 식사가 끝난 후에 천천히 한다. 그리고 다시 잠들기 한 시간 전부터는 침대에 누워서 이완의 시간. 대부분의 시간을 오로지 나의 컨디션 관리에만 집중하던 그때. 스트레스는 없었고, 유일한 불만이라곤 지나치게 자극이 없어서 무료했던 것. 경제적 자유를 갖추고 독립근무자로 생활했던 게 아닌 반쯤 강제적 휴식이었던지라 돈 걱정이 좀 많았던 점. 돈 때문에 다시 출퇴근을 해야 한다는 압박감을 제외하곤 엄청난 천국이었고, 이렇게 산다면 편안하게 늙어가겠구나 싶었던 나날이었다.

그렇게 몸이 편한 생활 끝에 다시 재정적 안정감이 있는 회사원이 되었다. 그 후로도 나를 위해 새벽 5시 무렵 일어나

고요한 세상 한가운데서 글을 쓰거나 공부를 한다. 밤에는 충분히 쉬고, 아침에 창조적인 일하기는 나의 시간을 나눠 쓰는 가장 중요한 부분이다.

　나는 15년간의 사회생활 중 뜻하지 않게 총 세 번의 안식년을 가졌다. 내 나이 각각 26세, 32세, 36세일 때였다. 첫 번째 안식년은 원하던 대로 진로를 바꿨고, 32세의 퇴사는 건강을 되찾고 삶을 다듬는 과정이었다. 그중 비교적 길었던 세 번째 안식년은 시간을 나눠 쓰는 법을 알게 해줬다. 쉬어 갈 때면 늘 불안하고 초조했지만, 돌이켜보면 꼭 필요한 쉼표였다.

독립근무자로
사는 법

재택근무를 하며 나는 한 시간을 기준으로 일할 때 틈틈이 10분은 쉬어주는 휴식이 얼마나 중요한지 배웠다. 잠깐 열을 식히고 다시 작업 시작. 회사원 시절 내가 알았더라면 참 좋았을 텐데. 그때의 난 빨리 퇴근하고 싶어 숨도 쉬지 않고 일했다. 그러다 퇴근이 가까워질 무렵 갑자기 처리해야 하는 건이 생기면 너무나도 화가 났다. '하루 종일 숨도 안 쉬었어. 그런데 야근까지 해야 해.' 그렇게 정시 퇴근이 박탈당하면 내 정신 건강이 상했다. 내가 노력해봤자 소용없고, 시스템이 받쳐주지 않을 때 생기는 무력감. 그 마음이 쌓이고 쌓여 깊은 슬픔이 되었고 대단한 일을 하는 것도 아닌데(내 일이 무가치하게 느껴지고) 왜 이렇게 내가 소모되는 느낌인지(사람이 일하는 기계 같다) 모르겠다. 그런 감정에 자꾸 휘둘리다 보면 번아웃이 찾아온다. 마음의 여유를 가지고 일해볼걸, 하는 발상은 역시 그 환경에서 멀리 떨어져 나온 후에나 할 수 있다.

마라토너들은 페이스 조절을 하며 장시간 달린다. 숨을 고르게 내쉬고 자신의 속도로 한 발 한 발 내딛는다. 나는 단거리 경주하듯 업무를 마치고 집에 돌아올 때가 많았다. 제시간에 퇴근해도 집에 오면 지쳐서 아무것도 할 수 없었지만. 근무 중 마음이 급해서 쉬지 않으면 집중력이 흐려져 오히려 생산성이 떨어지기도 했다. 신체적 위협 상황이나 심리적 위협에 놓이면 우리 몸은 이를 극복하기 위해 몸을 긴장시킨다. 투쟁―도피 반응(Fight-or-flight response)이라 불리는 현상이 우리 몸을 굳게 해 근육을 뭉치게 하는데 이완의 시간 없이 이러한 상태가 지속되면 소화불량에 걸려 위장병이 생길 수도 있다. 극도로 각성한 몸 상태는 업무 처리는 빠르게 해줄지 모르나 몸에 과부하가 걸린다. 반대로 마음이 한없이 풀어지면 지나치게 여유를 부려 시간은 흘러도 생산성은 한숨이 나온다. 역시 긴장과 이완 모두 제 역할이 있다.

집에서는 머리를 쓰다가 잠시 쉬면서 몸 쓰는 집안일을 할 수 있어 균형이 맞는다. 중간 휴식에 아무것도 하지 않고 침대에 널브러져 있기보다 몸을 움직이는 편이 언제나 머리가 상쾌해져서다. 다시 책상 앞으로 돌아가기도 수월하고. 세탁을 마친 빨래를 널고, 다시 컴퓨터 화면을 본다. 그러다 요리를 하고 점심을 먹으며 책을 읽는다. 작업방으로 가 눈과 머리를 굴리며 작업을 하고, 안 풀린다 싶으면 청소를 한다. 지나치게 집중이 잘되는 날에는 과몰입 상태로 의자에 붙어 있기도 한다. 물론 녹초가 된다. 역시 숨 쉬는 법을 잊었다. 그럴 때는 긴장 가득한 하루를 마친 기념으로 호흡을 편안히, 명상이 주가 되는 저녁 요가를 한다. 굳은 몸을 이완시키고 나서야 길고 긴 밤의 휴식이 찾아온다. 출퇴근 이동 시간이 없으니 시간은 언제나 넉넉하다.

　　일에서 휴식 모드로 바꾸는 간편한 방법은 언제나 호흡이다. 차분하게 들숨 날숨을 몇 번 이어나가면 몸이 자연스럽게 편안해진다. 그런데 반대로 바꿀 때 문제다. 쉬다 보면 그 상태에 몸이 또 적응하게 되는데 다시 근무 모드로 돌아가기 어려울 때가 있다. 인간은 기계가 아니므로 재깍재깍 스위치를 켜고 끄지 못한다. 나의 방법은 일단 아무 말이든 컴퓨터 화면 속 페이지에 써보기. 손가락을 움직이니 머리도 따라온다. 그러다 보면 다시 집중이 된다. 작업이 마무리되면 의뢰자에게 메일 발송을 하면 끝. 나는 수정 시간을 고려해 늘 협의한 마감 시간보다 작업물을 일찍 제출하는 편이지만 주말에 끝마치게 되면 상대의 업무 시간을 고려해 메일은 월요일로 예약 발송해둔다. 가끔 주말에도 메일을 확인하는 클라이언트 때문. 나도 쉬고, 그들도 쉬려면 주말 메일은 지양한다. 나의 원칙은 일하고 놀기다. 부담감 없이 홀가분하게 놀기 위한 나의 우선순위지만 정말 일하기 싫은 날, 그래도 해야 한다면 끝나고 난 뒤 내게 줄 보상을 미리 설정한다. 하루 작업분을 마치고 맛있는 음식을 먹고, 영화를 보면 두 배로 맛있고 세 배로 재밌다. 그 반대는 네 배로 고통스럽고.

직장인의 하루

어떤 빵은 한 나라의 공식 기념일로 지정될 만큼 사랑받고 있다.

그 빵은 무엇일까? 정답은 이 글의 끝에 있다.

핫플레이스에 사무실이 있다. 사무실 근처는 재생 건축이라는 이름 하에 언제나 주택이 상업 공간으로 리노베이션 중이고, 그 자리에 새로운 가게가 생긴다. 언젠가 동료에게 '성수는 언제나 공사 중'이라는 제목의 칼럼을 써보겠다며 반쯤 우스갯소리를 내뱉을 만큼 이곳은 늘 변했다. 구경거리도 많고, 맛집과 카페는 셀 수 없어서 약속을 잡으면 언제나 사람들은 기꺼이 내가 있는 곳으로 온다. 그동안 광화문, 을지로, 압구정, 강남 일대 등 서울의 여러 지역에서 일해봤지만, 성수만큼 호응이 좋은 동네는 없었다. 서울숲을 바라보며 브런치 카페에서 점심을 먹을 수 있고, 디뮤지엄 건물에 갓 들어온 이름난 커피숍에 갈 수도 있어서일까. 바쁘지 않으면 동료들과 함께 성수와 서울숲 일대 런치 투어를 다니는 재미가 있다.

새로운 회사에 다닌 후로 점심 도시락 생활은 끝났다. 하는 일의 특수성도 있지만, 환경에 지배받는 인간에게 핫플레이스에서 하루의 대부분을 보낼 수 있다는 것—골목마다 흥미진진한 볼거리가 생기는 곳—은 실내에만 있는 자체를 손해로 느끼게 한다. 우리의 두뇌는 자극을 좋아하고 지루함을 싫어한다. 나의 머리는 짬을 내어 최대한 많은 것을 보고 느끼고 알아가고 싶다고 내게 신호를 보낸다. 나는 충실히 새로운 경험을 받아들인다.

스웨덴에서는 일터에서 갖는 피카와 점심을 중요하게 생각한다고 한다. 피카(Fika)는 커피와 과자 등을 먹으며 쉬는 티타임이라고 볼 수 있다. 처음에는 이게 뭐 특별한 부분인가 싶었다. 우리도 티타임, 점심시간 모두 가지고 있으니까. 그러다 우리에겐 직장에서 갖는 티타임을 부르는 고유의 말, 정확히는 공통의 정서가 담긴 휴게 시간을 칭하는 말이 없다는 생각이 스쳐 지나갔다. 스웨덴에서 피카는 속도를 늦추는 행위에 가깝다. 일을 완전히 뒤로 한 채 멈춰서 취하는 휴식이 일의 능률을 올리는 데 필수적이라는 입장으로 피카를 말한다. 우리나라에서 티타임은 일에 집중하기 위한 에너지 드링크로서 카페인 섭취 시간 혹은 단체 회의 때 아이디어를 더 내기 위한 연료로서 당 충전, 파트너와 미팅 분위기를 원활하게 하기 위한 보조 역할에 가까웠다. 정말 일을 내려놓고 쉬면서 가볍게 담소를 나누거나 혼자 시간을 보내며 티타임을 즐기는 순간은 월급 받는 자로서 양심에 찔리는 법이다. 일머리를 비우고 딴생각에 빠질 때 갑자기 좋은 아이디어가 떠오르고, 사람들과 대화할 때 영감을 얻는다는 부분은 차치하고서라도 말이다.

적당히 균형 잡힌 생활을 추구한다는 스웨덴 사람들의 삶의 철학은 흔히 라곰(Lagom)이라는 말로 압축된다. 복지가 좋은 나라이므로 일정한 삶의 질이 보장되기 때문에 타인과의 경쟁보다 자아실현을 우선하는 자세가 가능하다는 분석이 많지만, 치열하게 살다 지친 나에게는 배경을 지우고 그저 좋게만 보이던 삶의 태도였다. 너무 많지도 적지도 않게 일터에서 라곰한 시간을 늘려보기.

• 정시에 출근한다.

- 업무 시작 전 컵에 물을 가득 담아 천천히 마시며 할 일 목록을 살핀다.
- 오전에는 아무 말도 하지 않고 최대한 집중해서 일한다.
- 점심때는 무조건 자리에서 일어나 밖으로 나가 걷고, 적당히 먹는다.
- 오후에도 집중해 일한다.
- 정시에 퇴근한다.

쓰고 보니 정시 출퇴근 외에 나는 라곰한 순간이 없음을 깨닫는다. 휴식을 취하는 특별한 방법도 없고, 가끔 책상 위 돌을 쓰다듬을 때도 있지만 어떤 의식과는 거리가 멀다. 아니면 동료들과 가벼운 수다를 떠는 순간도 포함일까. 하지만 이 땅에서 나고 자란 나에게는 무사히 문제없이 하루가 지나길. 야근이 없길. 이 정도의 바람이 아직 내가 원하는 전부다. 일하는 기운을 북돋아주는 순간을 많이 만들고 싶은데, 나는 그저 원하는 대로 일이 풀려나갈 때의 기쁨을 최대치로 느끼고 반대로 일이 꼬일 때의 슬픔을 최저치로 막기 위해 일한다. 그리고 보면 정시 퇴근을 바라보며 매 순간 집중에 집중을 거듭하는 나의 유일한 기쁨은 점심시간에 있을지도 모르겠다. 그러니 핫플레이스에서 일해서 얼마나 다행인지. 참으로 라곰한 점심이다.

정답은 시나몬 번. 1999년부터 스웨덴의 공식 기념일로 지정된 '시나몬 번 데이'(Kanelbullens Dag)는 매년 10월 4일로 온 국민이 사랑하는 피카에 빠질 수 없는 필수적인 메뉴라고 한다.

조금씩 어긋나는 날,
조금은 덜 불행하기

첫 베이커의 〈Everything happens to me〉라는 곡의 가사 중,

I guess I'll go through life, just catching colds and missing
trains. Everything happens to me.
(나는 감기에 걸리고 기차를 놓치는 인생을 살 것 같아요. 이 모든 게 내
게 일어나요.)

왜 나한테만 이런 일이 벌어질까, 하늘을 원망하고 싶은
날 추천하고 싶은 이 노래는 영화 〈레이니 데이 인 뉴욕〉속
티모테 샬라메가 직접 부른 버전을 좋아한다. 영화에서 처음
이 곡을 들었을 때, 내가 앞으로 첫 베이커의 여러 음악을 찾
아 듣겠구나 싶을 정도로 가사에 빠져들었다. 유독 운이 없는
날은 누구에게나 찾아온다.

전날 감았던 머리가 비 오는 날의 습기와 만나 베개 여기저기에 눌렸던 모양이다. 아침에 일어나 거울 속의 내 모습을 보니 꽤 참담했다. 붕 떠 있는 머리가 도저히 단정해지지 않는 날, 출근길에 모자를 눌러 써야만 했다. 비가 그쳤다는 예보만 믿고 우산을 챙기지 않고 헐레벌떡 집 밖으로 나가자, 아직 보슬비가 내리고 있다. 나는 다시 집으로 돌아가 우산을 가지고 지하철역으로 향하지만 이미 황금 지하철 시간은 지난 상태. 서울 끄트머리에 사는 나는 전 정거장에서 첫 출발하는 지하철 시간에 맞춰 승강장으로 간다. 출근 피크 타임에도 한적해서 사람들 틈에 끼어 갈 일이 없지만 한번 놓치면 출근 시간에 맞춰 탈 수 없는 귀한 열차다. 오늘은 우산 하나 챙기지 못한 탓으로 나는 평소보다 늦은 시간에 열차를 탔다. 사람이 꽉 채워진 열차 안에서 납작하게 눌린 채 불행함을 느낀다. 어제의 계획은 이미 조금씩 어긋나기 시작했다. 침대에서 5분만 덜 머물렀더라면, 창밖을 한번만 쳐다봤더라면… 어디에서 잘못되었는지 문제점을 탐색해보지만 이미 돌이킬 수 없다. 삶을 불평하기엔 하찮은 이유라고 치부할 때 지하철 안에서 새로운 불행이 내 앞에 성큼 다가온다. 백팩을 멘 장성한 남자가 꼼짝도 안 하고 앞에 버티고 있고 나는 백팩에 짓눌린 채 숨을 쉬려 노력하는 상황이 벌어진다. 이렇게 불행은 아무 예고도 없이 사고처럼 온다. 나는 책 한 권 펴 들 틈이 없는 출근길에서 곧잘 나의 과거 선택과 출근 없는 삶을 살기엔 부족한 나의 재정 상태에 대해 생각한다. 비약은 점점 심해지고 정말 이렇게 사는 방법 밖에는 없을까? 수십 번 물었지만 답을 찾지 못했던 질문을 또 던진다. 쳇바퀴 돌기는 지루하지만, 익숙한 삶의 패턴은 편안하다. 어떤 미지의 힘이 쳇바퀴를 멈춰 세우지 않으면 나는 스스로의 결정으로 이곳에서 내려오지 못할 지경이다.

늦지 않게 출근해 다행이라 여기기도 전에 소란스러운 사무실의 소음을 음악으로 피하려 가방 속에서 이어폰을 찾지만 집에 두고 왔음을 알았을 때. 점심 먹으러 간 레스토랑에선 대기자 명단을 써두지 않고 기다렸다가 뒤늦게 온 사람들에게 선수를 빼앗기고 말았을 때의 허탈함. 앞으로 굴러도 뒤로 굴러도 원활하지 않은 오늘은 예매해둔 음악회의 협연자가 바뀌었다는 공지 문자가 와도 이상하지 않다. 모든 일들이 기대와는 다른 하루, 정신적으로 피로한 나는 모든 계획을 취소하고 집으로 돌아가 일찍 잠들기로 한다.

앞날을 준비하되 기대하지 않는다. 너무 많은 계획도 버린다. 장황한 것은 무엇 하나 제대로 하지 않겠다는 말과 같다. 무력함을 가득 느낀 날, 나는 집의 안온한 보호 속에서 아무것도 하지 않는 편안함을 즐긴다. 뜻밖의 좋은 일로 가득한 날도, 또 이토록 헝클어진 하루도 있다. 어떤 날이든 몸과 마음을 무리하지 말고 나에게 관대함을 베푼다. 언제나 내일은 또 다른 날이다.

내일로 미루지 못하는
행복

꽤 오래전에 다녔던 회사에서 바다를 보러 간다고 책상에 쪽지를 남기고 출근하지 않아 전설로 남은 경력 사원이 있다. 다분히 감상적이고 이상한 퇴사다. 심지어 전날 회식까지 하고 기분 좋게 헤어졌다고 하니 남겨진 동료들로서는 너무나 황당하여 몇 년이 지나도 이야깃거리로 남은 것이리라. 그의 속내는 모르겠지만 지금 갇혀 있는 곳에서 벗어나 탁 트인 곳으로 가는 까닭, 우리에게 기분전환이 필요한 이유만큼은 본능적으로 알고 있다. 새로운 곳에서 새로운 사고, 새로운 시야, 이런 대단한 것이 단번에 생겨 정답을 얻기를 바라기보다 기분이 달라지는 것만으로 다음 날 다시 살아갈 기운을 얻는다. 답은 서서히 나타나기도 하고, 최악의 순간이라 믿은 다음 날 희망이 찾아오기도 한다. 내일 무슨 일이 생길지 너무 궁금해서 계속 살고 싶을 만큼 우리네 삶은 한 치 앞도 예측하지 못한다. 그러나 오늘은 확실히 지금 존재한다.

바다가 주는 나른함이 있다. 일정한 리듬으로 모래사장으로 밀려왔다 떠나는 파도. 반짝이는 윤슬, 조금씩 항구를 떠나는 배. 밤이면 별자리를 헤아릴 수 있고, 조금 덥기도 한 그런 여름. 도시를 끼고 있는 바다는 모네의 그림 〈생트아드레스의 테라스〉 같은 분위기를 자아낸다. 고요한 풍경이기보다 활기차고, 넓은 세상을 바라보는 탁 트인 마음을 가져온다. 커다란 강아지가 주인 손을 이끌며 산책을 하고, 레스토랑 야외 테라스 자리에 모여 앉아 저녁을 먹는. 항구를 끼고 발달한 도시로 여행을 가면 늘 비슷한 감상에 젖는다. 적당한 도시의 긴장감과 자연의 평화로움이 공존하는 곳, 이 정도의 여유가 딱 좋다고.

읽을 책 한 권.

가끔 땅콩버터를 바른 토스트와 홍차.

나무 그늘 아래 낮잠.

산책로를 따라 가볍게 걷기.

요가 매트 위에서 한 시간.

혼자 두 시간 동안 집중해 감상하는 전시회.

입욕제를 푼 목욕물.

탄산수와 레몬.

정갈한 저녁 식사.

재잘거림에 가까운 담소.

깨끗한 침구.

밤에 듣는 쳇 베이커.

그리고 내일이 온다는 희망.

언제든 일, 사람, 세상과 멀어져 마음에 평화를 가져오는 작은 쉼에 기대어 시간을 보낼 수 있다. 할 일이 있기에 쉼이 빛난다. 일을 하므로 휴식을 위한 차 한 잔, 책을 사 보는 여유를 부릴 수 있음도 안다. 그때마다 일을 하고 있어 다행이야, 정확히 돈을 벌고 있어 좋다는 마음이 차오른다. 이런 시간을 갖지 않는다면 일로부터 어떤 고마움도 느끼지 못한다. 의문을 충분히 가져본 후에야 아무 의심 없이 살 수 있는 날이 온다. 눈물을 흘리며 행복을 바랐던 과거가 있기에 지금은 가끔 벅차오르는 충만감이 행복이라 불리는 찰나의 감정임을 안다. 대체로 내가 지금 얼마큼 행복한지 아닌지 계산하지 않는다. 무엇보다 타인의 인생에 빗대어 내 행복의 크기를 가늠했던 모습은 희미해진 후다. 나와 똑같은 삶을 사는 사람은 아무도 없기에 비교 자체가 어려움도 알고. "타인과 비교를 멈출 때 개성이 시작된다." 샤넬의 수석 디자이너였던 고

(故) 카를 라거펠트가 남긴 말처럼 우리는 모두 개성 있는 존재다. 건강할 때는 평소보다 조금 더 욕심내서 도전하고, 건강이 안 좋아지면 겸허한 마음으로 할 수 있는 만큼의 일을 한다. 지레 겁먹지도 않고, 오기를 부리지도 않는다. 단지 내가 소중히 여기는 이 작은 것들의 합을 위해 하루를 살아갈 것. 과하지도 부족하지도 않게 적당히. 나의 골디락스다.

일과 휴식 사이에서

나는 세계 3위의 번아웃 도시에서 산다. 2020년 〈포브스〉의 기사에 따르면 서울은 53개국 69개 도시 중 직장 피로도가 가장 높은 도시로 꼽혔다. 일곱 시간 미만의 수면 시간, 주당 48시간 이상 일하는 인구 비율, 교통 체증과 정신 건강 장애를 비롯한 질병, 동기부여 부족, 생산성과 휴가일 부족 등을 기준으로 평가한 결과다. 의욕 없음, 퇴근 후 녹초가 된 심신, 무엇보다 재미없는 일. 일종의 번아웃 증세가 나타나면 덜컥 겁이 났다. 반대로 생각해보자. 의욕이 넘쳤고, 일을 지칠 만큼 열심히 했고, 그 일에 재능이 있기에 직업이 되었다. 열심히 한 나날이 있었기에 지친 날도 있다. 우리에게 필요한 건 언제나 회복뿐. 선순환의 바퀴를 굴릴 수 있는 유일한 연료의 이름은 휴식이다.

이제까지 셀프 복지로 충만한 나의 휴식법을 이야기했

다. 일상에서 도망치지 않았고, 업을 손에서 놓지 않은 보통의 삶에 녹아 있는 편안함 말이다. 영국 런던에서 활동하는 포토그래퍼와 갤러리스트를 만난 자리에서 요즘 런던의 라이프스타일 트렌드를 물어본 적이 있다. 참고로 런던은 번아웃 도시 순위 14위다. 축약하자면 명상, 오가닉, 공간을 채우기보다 비우는 추세라고 한다. 남에게 보여주기 위해 물건을 소비하고 삶을 가꾸기보다 자신에게 편안함을 추구한다. 전 세계의 사람들이 코로나19를 겪으며 장착하게 된 삶의 방식은 어찌 되었든 자신에게 집중하기, 편안함, 자연스러움이라 볼 수 있다. 나도 크게 다르지 않다.

누구나 바라 마지않을 편안하고 안정적인 삶을 갖기란 참으로 힘들다. 내려놓으면 편하다지만 욕심을 내보기도 전에 비워야 할까? 아니다. 무언가 이루고자 하는 마음이 강할 때는 (적절히 쉬며) 힘껏 쟁취해야 한다. 아마존 CEO 시절 제프 베이조스는 이번 분기에 실적이 좋은 이유는 3년, 4년, 5년 전에 행했던 일 덕분이라고 했다. 나 역시 늘 느끼는 거지만 과거에 내가 해놓은 모든 일들이 지금을 살아가는 기반이 되었다. 사는 보람을 느낄 수 있는 좋아하는 일을 하며 돈을 벌고 여유를 즐긴다. 나는 이보다 더 나은 삶을 그리지 못한다.

고백하자면 이제야 고쳐먹은 마음가짐일 뿐이며 예전에는 '나는 신시포스(내 성(姓)에 반복 노동의 상징 시시포스를 붙였다)의 운명인가'라고 한탄하며 일로 가득한 삶을 족쇄로 여겼다.

직업을 가진 대부분의 사람은 일 잘하는 법에 관심이 많다. 돈과 명예라는 강력한 동기부여 시스템이 있으므로 누구나 하는 일에 있어 최고가 되기 위해 배우려는 의지도 강하고 거머쥐고자 하는 힘도 대단하다. 반면에 제대로 휴식하는 법을 배우고자 하는 사람은 드물다. 정정하자면 드물었다. 이제는 점점 개인의 삶을 존중하는 사회 분위기로 바뀌고 있으며, 나 역시 적당한 욕심을 갖고 적당히 쉬면서 적당히 꿈도 꾸는 적당한 사람이 되어가는 중이다. 내게 주어진 몫을 조용히 해내며 세상과 자신에게 점점 더 너그러워진다.

나는 청년기에 겪은 몸과 마음이 많이 아팠던 번아웃의 교훈으로 이제까지 건강하고 바른 삶에 많은 관심을 가졌다. 부족함을 채우는 노력이 꽤 즐거워서였을까? 지금 나는 오래 소망해왔던 자유를 맛보는 삶을 산다. 내 자유의 모습은 규칙적 일상에 불과하지만 이 고여 있는 듯 흘러가는 삶을 스스로 흡족해한다. 이 글을 읽은 여러분은 어떤 삶이 자유롭다고 생각하는지 궁금하다. 내킬 때까지 세계여행하기, 물질적 빈곤을 전혀 걱정하지 않는 삶, 아무도 나에게 명령하지 않는 것. 아마 이 세상 인구수만큼 제각각의 답변이 나오지 않을까? 이제까지 내가 배운 단 한 가지는 사람의 기본적인 기질은 쉽게 바뀌지 않지만, 바라는 방향으로 나아가면 달라질 수 있다는 점. 부디 오늘의 힘듦 속에서도 쉬어갈 수 있는 시간을 잠깐이라도 가지길 바란다. 잠깐 멈춰서 깊은 호흡을 하면 마법 같은 쉼이 찾아오고, 언제든 무엇이든 다시 시작할 수 있기에.

신미경

요가 숲 차

초판 1쇄 인쇄 2023년 5월 17일
초판 1쇄 발행 2023년 5월 24일

지은이 신미경
펴낸이 이승현

출판1 본부장 한수미
와이즈 팀장 장보라
편집 김혜영
디자인 윤정아

펴낸곳 ㈜위즈덤하우스 **출판등록** 2000년 5월 23일 제13-1071호
주소 서울특별시 마포구 양화로 19 합정오피스빌딩 17층
전화 02) 2179-5600 **홈페이지** www.wisdomhouse.co.kr

ISBN 979-11-6812-639-8 03810